はぐれ長屋の用心棒

のっとり藤兵衛

鳥羽亮

双葉文庫

目次

のっとり藤兵衛　はぐれ長屋の用心棒

第一章　みかじめ料

一

「華町《はなまち》、いるか」

腰高障子の向こうで、菅井紋太夫《すがいもんだゆう》の声がした。

「いるぞ。入ってくれ」

華町源九郎《げんくろう》が、座敷から声をかけた。

源九郎がいるのは、長屋の部屋だった。本所相生町《ほんじょあいおいちょう》にある伝兵衛店《でんべえだな》である。

菅井も同じ伝兵衛店の住人で、ふたりとも独り暮らしだった。

菅井は五十代半ば、生業《なりわい》は大道芸人である。両国広小路《りょうごくひろこうじ》で、居合《いあい》抜きを観せて銭を貰《もら》っていた。

菅井は大道芸で銭を得て暮らしをたてていたが、居合の腕は本物だった。田宮《たみや》流《りゅう》居合の達人である。

今日は朝から雨だったので、菅井は居合の見世物に出られず、長屋で過ごしていたようだ。

……将棋だな。

源九郎は、胸の内でつぶやいた。将棋好きの菅井は雨で仕事に出られないとき、将棋盤と駒を持って、源九郎の部屋に将棋を指しにくることが多かった。

一方、源九郎の生業は、傘張りだった。ただ、傘張りは狭い長屋の部屋のなかではやりづらく、源九郎自身、本腰をいれて傘張りをする気もなかったので、わずかしか銭は手に入らなかった。それで、源九郎は華町家からの合力《ごうりき》で何とか暮らしをたてていたのだ。

華町家は、五十石の御家人だった。嫡男《ちゃくなん》の俊之介《しゅんのすけ》が家を継ぎ、君枝《きみえ》という嫁との間に、新太郎《しんたろう》という子が生まれたのを機に、源九郎は家を出た。狭い家のなかで、倅《せがれ》夫婦に気兼ねしながら暮らすより、一人で気儘《きまま》に余生を送りたいと思い、長屋暮らしを始めたのである。

戸口の腰高障子が開いて、菅井が姿を見せた。珍しく、手ぶらだった。菅井も源九郎と同じ独り暮らしだったが、几帳面《きちようめん》なところがあり、朝のうちに飯を炊き、源九郎と一緒に食べるために握りめしにして持ってくることがあった。ところが、菅井は握りめしの入った飯櫃《めしびつ》も将棋盤も持っていなかった。

「菅井、何しに来たのだ」

源九郎が訊《き》いた。

「いや、華町が何をしているかと思ってな。様子を見に来たのだ」

菅井が小声で言った。

「やることがないのでな。湯を沸《わか》して、茶でも飲もうかと思っていたところだ」

源九郎が素っ気なく言った。

「そうか。おれもな、家で茶を飲んでいたのだが、ひとりだと退屈でな」

菅井が、小声で言った。

「将棋はやらんのか」

源九郎が訊いた。

「華町と将棋をやろうと思って、将棋盤と駒も用意したのだが、雨が上がりそうなので、やめたのだ」

「そうか」

源九郎がうなずいた。そう言えば、雨音が聞こえず、腰高障子が明るくなっている。

「ともかく、上がれ」

そう言って、源九郎は菅井を座敷に上げた。

源九郎は、菅井が座敷に腰を落ち着けるのを待って、

「それで、仕事に行かないのか」

と、改めて訊いた。雨が上がれば、仕事の場にしている両国広小路へ、今から
でも行けるはずだ。

「これから広小路に行く気にはなれないし、長屋の家にひとりで籠《こも》っているの
も、どうかと思ってな」

菅井が小声で言った。

「そうか」

源九郎は、「菅井、めしは食ったのか」と訊いた。

「朝めしは食った」

「俺は、朝めしも食ってないのだ」

源九郎がげんなりした顔をして言った。腹がへっていたのだ。

「どうだ。これからふたりで、亀楽《きらく》に行かないか。どうせ行くなら、めしを食うだけでなく、一杯やろう」

菅井が身を乗り出して言った。

亀楽は、本所松坂町《まつざかちょう》の回向院《えこういん》の近くにあった。縄暖簾《なわのれん》を出した飲み屋で、源九郎たち長屋の男たちは、亀楽を贔屓《ひいき》にしていた。長屋に近いこともあったが、酒代が安く、肴《さかな》も悪くなかった。それに、長屋の者が店の手伝いをしていることもあって、気兼ねなく飲める良さもあった。

「亀楽で、一杯やるか」

源九郎が目を細めて言った。

「亀楽に行こう」

菅井の声が大きくなった。

そのとき、戸口の腰高障子に近寄ってくる足音が聞こえた。足音は、戸口の前でとまり、

「華町の旦那、いやすか！」

と、孫六《まごろく》の声がした。

孫六も、長屋の住人だった。雨の日は、やることもなく長屋でくすぶっている

ことが多い。

「いるぞ。入ってくれ」

源九郎が言うと、すぐに腰高障子が開いて、孫六が姿を見せた。

「やっぱり、菅井の旦那が一緒でしたかい」

孫六が、源九郎の脇に立っている菅井に目をやって言った。

孫六は、還暦を過ぎた年寄りだった。中風《ちゆうふう》を患い、すこし足が不自由である。長屋に住む娘夫婦の世話になって、一緒に暮らしている。

孫六は長屋に越してくる前まで、番場町《ばんばちよう》の親分と呼ばれる腕利きの岡っ引きだったが、足が不自由になってから、十手を返したのだ。

「孫六、何かあったのか」

源九郎が訊いた。

「何もねえ。……雨の日は菅井の旦那がここへ来て、将棋をやっていると思いやしてね。様子を見に来たんでさァ」

孫六が、源九郎と菅井に目をやって言った。

源九郎は、孫六も、暇を持て余しているようだ、と思い、

「これから、亀楽で一杯やろうと思い、菅井とふたりで行くところなのだが、孫

六も一緒に行くか」

源九郎が訊いた。

「行きやす！　行きやす！」

孫六が声を上げた。

二

源九郎、菅井、孫六の三人は長屋を出て、本所松坂町の回向院の近くにある亀楽の前まで来た。

「やけに、静かだな。客がいないようだ」

源九郎が言った。

店内はひっそりとして、人声も物音も聞こえなかった。

「何かあったのかな」

菅井が首を傾《かし》げた。

「ともかく、店に入ってみよう」

源九郎が縄暖簾をくぐって、店内に入った。菅井と孫六も後につづいて入ってくる。

店内には、誰もいなかった。飯台や腰掛け代わりの空樽《あきだる》が並んでいる。店内にいるはずのおしずの姿もなかった。おしずは源九郎たちと同じ長屋の住人で、源九郎たちの仲間のひとり、平太《へいた》の母親でもある。おしずは、亀楽の手伝いに来ていたのだ。

平太は鳶《とび》だったが、栄造《えいぞう》という岡っ引きの手先でもあった。栄造に平太を世話したのも、孫六だった。

「誰かいねえかい！」

孫六が店の奥にむかって声を上げた。

すると、店の奥の板戸があいて、おしずが顔を出した。

「いらっしゃい。長屋のみなさん……」

おしずの顔に、戸惑うような表情があった。

「おしず、今日は客がいないが、何かあったのか」

源九郎が訊いた。

「そ、それが……」

おしずが眉《まゆ》を寄せ、今にも泣き出しそうな顔をし、

「い、今、旦那さんを呼んでくるので、訊いてください」

と、言い残し、店の奥にもどった。

おしずは、店の主人《あるじ》である元造《もとぞう》を連れてもどってきた。元造は源九郎たちの姿を見ると、戸惑うような顔をしたが、

「困ったことがあって……」

と、眉を寄せて言った。元造は寡黙《かもく》な男で、源九郎たちの顔を見ても、頭を下げるだけで黙っていることが多かったが、今日はすぐに話しかけた。

「何があったのだ」

源九郎が訊いた。そばにいた菅井と孫六も、元造を見つめている。

「み、三日前に、ならず者が三人、店に入ってきて……」

元造の声が、詰まった。

「どうした」

源九郎が声をかけた。

「こ、この辺りは、おれたちの縄張《しま》になった。店をつづけたければ、所場代《しょばだい》を出せと言って……」

元造は声を震わせて言った。

「所場代は、どれほどだ」

源九郎が訊いた。

「つ、月、十両……」

「月、十両だと！」

思わず、源九郎の声が大きくなった。月十両は、あまりに高い。菅井と孫六も、驚いたような顔をしている。

「て、手前の店は、商売をつづけて行くのがやっとで、とても、十両などという大金は出せないと言って、断ったんです。す、すると、三人は店の脇に立って、客が近付くと、店に入ったら殺すと言って、脅《おど》したんです。……それで、客が入らなくなって……」

元造は話し終えると、源九郎たちに縋《すが》るような目をむけた。

「わしらも、この店には世話になっているし、長屋に一緒に住むおしずも働いている。黙って見ているわけには、いかないな」

源九郎が言うと、菅井と孫六がうなずいた。

源九郎たち三人が店内に立ったままでいると、

「ともかく、腰を下ろしてくだせえ。……酒の仕度をしやす」

元造はそう言って、脇に立っていたおしずを連れて板場にもどった。

源九郎たち三人は、飯台を前にして腰掛け代わりの空樽に腰を下ろした。

「どうする」

源九郎が、菅井と孫六に目をやって訊いた。

「ともかく、所場代を取りに来た男を押さえて、話を訊くしかないな。……おそらく、所場代を取りに来るのは三下《さんした》で、別に親分がいるはずだ」

菅井が言った。

「わしもそうみる。……いずれにしろ、菅井の言うように、まず店に来た男を押さえて、話を訊いてからだな」

「安田《やすだ》の旦那の手も借りやすか」

孫六が、源九郎と菅井に目をやって言った。

源九郎たちの住む長屋には、安田十兵衛《じゆうべえ》という仲間もいた。

安田も、はぐれ長屋の用心棒と呼ばれる男のひとりで、一刀流《いっとうりゅう》の遣い手だった。安田には女房子供はなく、長屋での独り暮らしである。

安田の家は御家人で、兄が嫁を貰い、家を継いだ。それで、安田は家に居辛くなり、長屋に越してきたのだ。

安田にはこれといった生業はなく、金がなくなると口入れ屋で仕事を探し、何とか独り暮らしをつづけていた。

「そうだな。安田に力を貸してくれ、と話しておこう」

源九郎が、その場にいた男たちに目をやって言った。

その日、源九郎は長屋に帰ると、孫六とふたりで安田の住む家にむかった。腰高障子の向こうで、水を使う音が聞こえた。安田は家にいるようだ。

「安田、入るぞ。華町だ」

源九郎が戸口で声をかけた。

「おお、華町か。入ってくれ」

家のなかの隅の方から、安田の声がした。どうやら、安田は土間の隅の流し場にいるらしい。

源九郎が腰高障子を開けて土間に入ると、孫六もつづいて入ってきた。

「おお、孫六もいたのか」

安田は濡れた手を肩にかけていた手拭いで拭きながら、源九郎たちのそばに来た。

「安田に、頼みたいことがあってな」

源九郎が小声で言った。

「何の頼みか知らないが、ともかく座敷に上がってくれ」

安田が、座敷に手をむけた。

「いや、ここでいい」

源九郎は、上がり框《がまち》に腰を下ろした。

するとと、孫六も源九郎のそばに来て腰を下ろした。

三

「ふたりして、何の用だ」

安田が、源九郎と孫六に顔をむけた。

「亀楽の話を聞いているか」

源九郎が訊いた。

「長屋の男たちが、亀楽に客がこなくなったらしい、と話しているのを耳にしたことがあるが……。亀楽に、何かあったのか」

安田は、亀楽で起こったことを知らないようだ。

「ならず者たちが、何人も亀楽に来てな、所場代を出させようと強請《ゆす》ったらしいのだ」

源九郎が言った。

「やっぱりそうか。おれも、亀楽で何かあったのではないかと思っていたのだ」

安田が眉を寄せた。

「そうか。……いずれにしろ、このままにしていたら、亀楽は潰れる。元造だけでなく、長屋の住人のおしずも、仕事がなくなるわけだ」

「おれたちも、黙ってみているわけにはいかないな。長屋の住人の暮らしを守るためにも、何とかしないとな」

安田が、険《けわ》しい顔をして言った。

「わしもそう思う」

源九郎が言うと、孫六もうなずいた。

「みんなに、集まってもらうか」

安田が、身を乗り出して言った。

「その前《めえ》に、岡っ引きの栄造に訊いてみやしょう。……亀楽に来て金を強請ったやつらの裏には、親分がいるはずでさァ。栄造なら、親分のことを知っているかもしれねえ」

孫六が、源九郎と安田に目をやって言った。

栄造は岡っ引きだが、浅草諏訪町《あさくさすわちよう》で女房に蕎麦屋《そばや》をやらせていた。ふだん、栄造は蕎麦屋を手伝っていたが、事件が起これば、岡っ引きとして事件の探索や下手人の捕縛にあたる。

これまでも、孫六は長屋の住人が何かの事件にまきこまれたとき、栄造に話を訊いたことがあったのだ。

「それなら、平太も連れていくか」

源九郎が言った。

長屋に住む平太は、栄造の下っ引きのような立場だった。平太が一緒なら、栄造も話してくれるだろう。

「連れて行きやしょう。平太が行けば、話を訊きやすい」

すぐに、孫六が言った。

源九郎たちはその場で話し合い、源九郎は孫六、それに平太を連れて諏訪町に行くことにした。

一方、安田と菅井は長屋に残り、研師《とぎし》の茂次《しげじ》と砂絵描《すなえか》きの三太郎《さんたろう》に事件のことを知らせることになった。茂次と三太郎も、源九郎たちの仲間である。

砂絵描きは、染め粉で染めた砂を色別にしてちいさな袋に入れて持ち歩き、人出の多い寺社の門前や広小路などで、掃き清めた地面に水を撒《ま》き、色砂をたらして絵を描いて見せる。見物人はうまく描けたと思うと、投げ銭をしてくれるのだ。

研師の茂次は裏路地をまわり、長屋や仕舞屋《しもたや》の住人の包丁、鋏《はさみ》、鎌などを研いで銭を得ている。

源九郎、孫六、平太の三人は長屋を出ると、大川《おおかわ》にかかる両国橋を渡った。そして、賑やかな両国広小路を経て浅草橋を渡り、浅草茅町《かやちょう》に出た。さらに、日光街道《にっこうかいどう》を北にむかい、諏訪町に入ってから右手の路地に足をむけた。その路地を一町ほど歩くと、勝栄《かつえい》という店名の蕎麦屋があった。店先に、暖簾が出ている。店名の勝栄は、女房の名のお勝《かつ》と、栄造という名から一字ずつとったらしい。

「栄造はいるかな」

源九郎が言った。

「店に入《へえ》ってみやしょう」

孫六が先にたって暖簾をくぐった。

店内に客が、ひとりだけいた。職人ふうの男である。男は飯台を前にして、茶を飲んでいた。蕎麦は食べ終えたようだ。

奥の板場にいたお勝が顔を出し、

「親分、いらっしゃい」

と、孫六たちに声をかけた。お勝は、孫六が番場町の親分と呼ばれた岡っ引きだったことを知っていたのだ。

「蕎麦を頼む。三人前な」

孫六が言い、板敷きの間の上がり框に腰を下ろすと、

「栄造親分はいるかい」

と、栄造の名を出して訊いた。

「いますよ。呼びましょうか」

「頼む」

「すぐ、蕎麦も仕度しますからね」

お勝はそう言うと、踵《きびす》を返し、板場にもどった。

お勝と入れ替わるように、栄造が姿を見せた。歳は三十がらみであろうか。鋭い目をし、剽悍《ひょうかん》そうな顔をしている。

「皆さん、お揃いで……」

栄造が小声で言った。近くにいた職人ふうの男の客に気を使ったらしい。

「栄造に、訊きたいことがあってな」

源九郎も、声をひそめて言った。

すると、職人ふうの男が、「旨《うま》かったぜ」と言って、立ち上がった。そして、お勝を呼んで銭を払い、戸口から出ていった。店に入ってきた源九郎たち三人に気を使って早めに店を出たようだ。

栄造は、職人ふうの男につづいてお勝が板場にもどるのを待ち、

「何か、あっしに用があって来たんですかい」

と、小声で訊いた。

「訊きたいことがあってな」

源九郎が、声をひそめて言った。

「何です」

栄造が訊いた。

すると、源九郎のそばにいた孫六が、

「栄造、ちかごろいろんな店をまわって、多額のみかじめ料を出させる男たちがいるのを知っているかい」

と、声をひそめて訊いた。いつになく、孫六は鋭い目をしていた。岡っ引きだ

ったころを思い出したのかもしれない。

「知ってるよ」

栄造も、小声で言った。

「親分は誰か知ってるか」

「のっとり藤兵衛《とうべえ》だよ」

栄造が、その場にいた源九郎たちにも目をやり、

「多額のみかじめ料を出さねえと、店や家を乗っ取るそうだ。それで、陰で、のっとり藤兵衛と呼ばれているらしい」

と、言い添えた。

「のっとり藤兵衛と呼ばれている男が、一味の親分か」

源九郎が、険しい顔をして訊いた。

「親分かどうか、あっしには分からねえ。藤兵衛の裏で、指図している大親分がいるかもしれねえ」

栄造が、その場にいた男たちに目をやって言った。

次に口を開く者がなく、その場が重苦しい沈黙につつまれたとき、

「ともかく、わしらは、亀楽を守ろう。……亀楽に手を出したやつらを捕らえ

て、口を割らせれば、のっとり藤兵衛が親分か、大親分が別にいるか、分かるだろう」

源九郎が、男たちに目をやって言った。

四

源九郎たちが勝栄に行って話を聞いた翌朝、源九郎は珍しく長屋で飯《めし》を炊き、ひとりで食っていた。朝といっても、五ツ半(午前九時)ごろだろう。寝坊したので、今になってしまったのだ。

そのとき、戸口に近付いてくる足音がした。ふたりである。足音は戸口でとまり、

「華町の旦那、いやすか」

と、孫六の声がした。

「いるぞ。入ってくれ」

源九郎は、茶碗に残っていた飯を急いで掻《か》き込んだ。

腰高障子が開き、孫六と菅井が土間に入ってきた。ふたりは、源九郎が座敷で飯を食っているのを目にすると、

「華町、今ごろ朝めしを食っているのか」

菅井が、呆《あき》れたような顔をして言った。

「すこし、朝寝坊してな。……気にするな。すぐ、食べ終えるから。そこで待っていてくれ」

源九郎はそう言って、手にした茶碗の飯を急いで食べた。

いっときすると、源九郎は茶碗の飯を食べ終え、箱膳《はこぜん》ごと流し場に運んだ。そして、上がり框に腰を下ろしている孫六と菅井のそばに腰を下ろし、

「孫六と菅井は、朝めしを食ってきたのか」

と、ふたりに目をやって訊いた。

「食ってきやした」

孫六が言い、

「華町とちがって、朝めしは朝のうちに食うことにしているからな」

と、菅井が苦笑いを浮かべて言った。

「めしのことは、どうでもいいのだが、ふたりは、何の用で来たのだ」

源九郎が、声をあらためて訊いた。

「亀楽のことが、気になってな」

菅井が言うと、

「その後、亀楽がどうなったか、様子を見てみようと思って、菅井の旦那と一緒に来たんでさァ」

孫六が眉を寄せて言った。

「わしも、亀楽のことは気になっている。……朝めしは食ったし、これから三人で行ってみるか」

「行きやしょう」

孫六が声高《こわだか》に言った。

源九郎は、立ち上がった。そして、座敷の隅に立て掛けてあった大刀を手にし、土間へ降りた。

源九郎、菅井、孫六の三人は長屋を出ると、回向院の近くにある飲み屋の亀楽にむかった。何度も行き来した道なので、源九郎たちは道筋や辺りの様子も分かっていた。行き交う人や道筋に並ぶ店屋や仕舞屋は、いつもと変わりなかった。

前方に、亀楽が見えてきた。店先に縄暖簾が出ている。店は開いているようだ。

「変わりないようだ」

源九郎がそう言って、亀楽の縄暖簾をくぐった。菅井と孫六も、つづいて店に入ってきた。店内に、客の姿がなかった。ひっそりとしている。

「元造！　いねえのか」

孫六が声を上げた。すると、店の奥の板戸が開いて、おしずが顔を見せた。背後に、元造の姿もある。

おしずが振り返って、「長屋の華町さまたちだよ」と元造に声をかけた。そして、ふたりして源九郎たちのそばに来た。

元造の顔には、苦渋の色があった。それに、以前見たときより痩せて頰がこけている。

「元造、どうした」

すぐに、源九郎が訊いた。

「な、ならず者たちが、店に来て商売にならねえんでさァ」

元造が声を震わせて言った。

「やはりそうか」

源九郎の顔が、険しくなった。そばにいた菅井と孫六も、店先を睨《にら》むように見《み》据《す》えている。

「今日は、誰もいないようだが」

菅井が言った。

「これからでさァ。……昼近くなってから、来るんでさァ」

「藤兵衛の子分たちか」

源九郎は、このままにしておけない、と思った。ならず者たちは、今のところ元造とおしずに危害を加えないようだが、このままだと亀楽は潰れ、おしずはともかく元造は暮らしていけなくなるだろう。藤兵衛という男は、店を乗っ取ると言われているが、亀楽は乗っ取られそうである。

「華町、どうする」

菅井が、源九郎に顔をむけて訊いた。

「元造、店でしばらく待たせてもらうかな。子分たちが来たら、追い返してやろう」

源九郎が、語気を強くして言った。

「元造とおしずのふたりは、店の奥にいてくれ。子分たちが来たら、俺たち三人で追い返す」

さらに源九郎が言うと、菅井と孫六がうなずいた。

源九郎たち三人が亀楽に来て、半刻（一時間）ほど経ったろうか。戸口近くに立って、表の通りに目をやっていた孫六が、

「来やす！　ならず者たちが」

と、声高に言った。

源九郎と菅井は、すぐに戸口から出て通りに目をやった。

ならず者らしい男が四人、肩を振るようにして亀楽の方に歩いてくる。四人のなかには、長脇差《ながわきざし》を腰に差している者もいた。

五

「店に入られると、面倒だ。外で迎え撃つ！」

源九郎が、菅井に声をかけた。

「承知した」

菅井が言い、源九郎とともに亀楽の戸口から一間ほど前に出て立った。刀を自在に遣えるように間を取ったのだ。孫六は源九郎と菅井からすこし離れ、戸口近くに立っている。

「戸口に、二本差しが、ふたりいるぞ！」

四人のなかの兄貴分らしい男が、声を上げた。

すると、脇にいた別の男が、

「店に入らせないつもりらしい」

と、仲間たちに目をやって言った。

「やっちまえ！」

若い男が声を上げ、長脇差を抜いた。すると、他の三人も長脇差を抜いたり、懐《ふところ》から匕首《あいくち》を取り出したりして、源九郎と菅井に近付いてきた。

これを見た源九郎は、刀を抜いて青眼に構えた。通常、こうした場合、源九郎は刀身を峰に返して、峰打ちにするのだが、此度は峰に返さなかった。二度と、亀楽に手を出さないように痛め付けてやろうと思ったのだ。

菅井は居合の達人だったので、刀の柄《つか》に右手を添え、居合の抜刀体勢をとっている。

四人の男は、刀を手にしている源九郎と抜刀体勢をとっている菅井を見て、二間ほどの間合をとって足をとめた。さすがに、刀を手にして立ち向かってくる武士には、迂闊《うかつ》に近付けないようだ。

「何をしてる！　殺《や》っちまえ」

兄貴格の男が、怒鳴った。

その声で、源九郎の脇にまわり込んでいた浅黒い顔をした男が踏み込み、

「死ね！」

と、叫びざま、手にした長脇差で切り付けた。

源九郎は咄嗟《とっさ》に身を引いて男の切っ先をかわし、刀身を横に払った。一瞬の攻防である。

源九郎の切っ先が、男の脇腹をとらえた。

ザクッ、と男の小袖が、横に裂けた。男は咄嗟に身を引いたが、間に合わずに小袖を切り裂かれたのだ。男は長脇差を落とし、前によろめいた。そして、足がとまると、両手で腹を押さえてうずくまった。指の間から血が流れ出ている。命にかかわるような深手ではなかったが、皮肉を斬られたらしい。

源九郎はうずくまった男にかまわず、もうひとりの赤ら顔の男に切っ先をむけた。

男は身構えて、長脇差の切っ先を源九郎にむけたが、切っ先が震えている。目の前で、仲間が源九郎に脇腹を切られ、うずくまって呻《うめ》き声を上げているのを目

にしたからだろう。

「かかってこい！」

源九郎は声を上げ、赤ら顔の男に一歩近付いた。

そのとき、菅井と対峙《たいじ》していた男が、ギャッ！　と悲鳴を上げて、よろめいた。菅井の峰打ちを脇腹にあびたらしい。

これを見た別の男が、恐怖で引《ひ》き攣《つ》ったような顔をし、慌てて身を引いて、

「逃げろ！　こいつらには、かなわねえ」

と、叫び、反転して駆け出した。逃げたのである。

すると、もうひとりの男も、源九郎に脇腹を斬られた男を残して走りだした。菅井に峰打ちをあびた男も、よろめきながらその場から逃げていく。

孫六が逃げる男たちを追って、その場から駆け出そうとした。

「孫六、追わなくてもいい。ひとり、残っている」

源九郎が、孫六をとめた。

店の戸口の近くで、浅黒い顔の男がうずくまり、両手で腹を押さえて呻き声を上げている。

源九郎は浅黒い顔をした男の脇に立ち、

「おまえの名は」

と、男を見据えて訊いた。

男は顔を上げて源九郎を見たが何も言わず、苦しげに顔をしかめただけである。

「命にかかわるような傷ではない。わしらに、訊かれたことを話せば、この場から逃がしてやる。それとも、何も話さず、ここで首を落とされたいのか」

源九郎が、語気を強くして言った。

すると、男は両手で腹を押さえたまま、源九郎に顔をむけた。

「おまえの名は」

源九郎が同じことを訊いた。

「や、弥助《やすけ》で……」

男が声をつまらせて名乗った。

「弥助、おまえたちは、亀楽をどうするつもりなのだ」

「亀楽に所場代を出させるか、俺たちの店にして、仲間が商売をつづけるか。そうでなければ、売り飛ばすかだ」

弥助が言った。

「そんなことは、させぬ」

源九郎は語気を強くして言った後、

「おまえたちの親分は、のっとり藤兵衛か」

と、栄造から聞いた名を口にした。

すると、弥助は戸惑うような顔をしたが、

「藤兵衛親分は俺たちに指図することが多いが、大親分は別にいやす」

そう言って、視線を膝先に落とした。

「大親分は、誰だ！」

源九郎が身を乗り出して訊いた。そばにいた菅井と孫六も弥助に目をむけ、弥助の次の言葉を待っている。

「お、大親分は、滅多《めった》に顔を見せねえんで、闇《やみ》の親分と呼んでやす」

弥助が声をつまらせて言った。

「闇の親分な」

源九郎はそう呟《つぶや》いた後、

「闇の親分にも、名があるだろう」

と、弥助を見据えて訊いた。

「陰で、闇の政五郎《まさごろう》と呼ぶ者もいやす」

弥助が小声で言った。

「闇の政五郎か」

源九郎は、その場にいた菅井と孫六に目をやった。ふたりは、首を傾げている。どうやら、ふたりとも、闇の政五郎という名を初めて耳にしたらしい。

源九郎がいっとき口を閉じていると、

「あっしを見逃してくだせえ。政五郎親分とは、縁を切りやす」

弥助が、身を乗り出して言った。

「弥助、死にたいのか」

源九郎が、弥助を見据えて訊いた。

「……！」

弥助の顔から、血の気が引いた。源九郎に殺されると思ったらしい。

「弥助、おまえがわしらに捕まって、話を訊かれたことは、逃げた男たちの口から親分の耳に入るぞ。その親分が、無事に帰ってきたおまえを目にしたら、どう思う。仲間や親分のことを話して、逃がしてもらったと思うだろうな」

「そ、そうかも知れねえ」

弥助の震えが激しくなった。

「どうだ、しばらく長屋に身を隠しているか。空いている家はないから、わしの家にいてもよいぞ。……めしの仕度や片付けをしてもらうがな」

源九郎が苦笑いを浮かべて言うと、

「だ、旦那の家に、おいてくだせえ」

弥助が首を竦めて言った。

六

「弥助、湯漬《ゆづ》けにしたが、食うか」

源九郎が座敷にいる弥助に訊いた。

亀楽の戸口近くで弥助を取り押さえ、しばらく長屋の源九郎の家で、一緒に暮らすことになったのだ。

源九郎は男の独り暮らしで、煮炊きも自分の手でしていた。源九郎の胸の内には、二、三日したら、弥助にも煮炊きをさせようという腹積《はらづも》りがあったのだ。

「いただきやす」

弥助が首を竦《すく》めて言った。

「それなら、この湯漬けとたくわんを盆ごと運べ」

源九郎が、丼と小皿を盆にのせて手渡した。丼には湯漬けが入り、小皿にはたくわんがのせてあった。

弥助はすぐに立ち上がり、盆を手にした。そして、座敷のなかほどに行くと座して、膝先に盆を置いた。

源九郎も、同じように湯漬けとたくわんののった盆を膝先に置いた。

源九郎は箸《はし》を手にすると、

「さァ、食ってくれ」

と言って、湯漬けを食べ始めた。

「いただきやす」

弥助も、箸を手にして食べ始めた。

それから、半刻（一時間）ほど経ったろうか。源九郎と弥助は、湯漬けを食べ終え、茶を飲んでいた。

そのとき、カツ、カツ、と、小走りに近付いてくる下駄の音がした。下駄の音は、戸口で止まり、

「は、華町の旦那、いますか」

女の昂《たかぶ》った声が、腰高障子の向こうでした。慌てているらしい。源九郎は、亀楽で店の手伝いをしているおしずではないか、と思った。

「いるぞ。入ってくれ」

源九郎は、すぐに腰を上げた。

腰高障子が開き、おしずが土間に入ってきた。おしずの顔が汗でひかり、ハァハァと苦しげに息をしている。

「どうした、おしず」

源九郎が訊いた。

「た、大変です！」

おしずが、声をつまらせて言った。

「何か、あったのか」

源九郎は戸口に近付いた。弥助は、驚いたような顔をして、おしずと源九郎を交互に見ている。

「き、亀楽に、ならず者たちが……」

「ならず者たちが、どうしたのだ」

「四、五人、店の近くにいて、踏み込んできそうなんです」

おしずは店の表戸を閉め、裏手から出て、急いで長屋に来たという。

「元造は、どうした」

「だ、旦那さんも、裏手から出て、近くの家の陰に身を隠しています。わたし、長屋に行って、華町の旦那たちに話してくると言って……」

「分かった。すぐ、手を打つ。俺は菅井に話し、ふたりで先に行く。おしずは、孫六と安田に話してくれ」

源九郎はそう言って、立ち上がった。源九郎たちの仲間には、名を口にした他に、平太、茂次、三太郎の三人がいたが、茂次と三太郎は仕事に出ていて長屋にいないはずだし、平太はおしずの子供なので、すぐに話すだろうと思って、名を口にしなかったのだ。

「分かった。わたし、長屋をまわってくる」

おしずはそう言い残し、慌てて戸口から出ていった。

源九郎は座敷にいる弥助に目をやり、

「弥助、聞いたとおりだ。……わしは亀楽に行くが、ここから逃げたければ、逃げてもいいぞ」

そう言って、刀を手にし、戸口から出た。源九郎の胸の内には、弥助がここから逃げたとしても、親分や仲間の許《もと》にはもどらないという読みがあったのだ。

源九郎は長屋の菅井の家の戸口まで行くと、

「菅井、わしだ！　華町だ」

と声をかけ、腰高障子を開けた。

菅井は座敷のなかほどに胡座《あぐら》をかき、湯飲みを手にしていた。茶を飲んでいたらしい。

「華町、どうした。何かあったのか」

菅井が、湯飲みを手にしたまま訊いた。

「亀楽に、ならず者たちが、四、五人、押し入ったらしい」

源九郎が声高に言った。

「どうして、分かったのだ」

「いま、おしずがわしのところに来て、話したのだ。おしずは、安田と孫六の家をまわっている」

「華町、亀楽に行くのだな」

菅井は湯飲みを脇に置き、そばに置いてあった大刀を手にして立ち上がり、

「俺も行く、亀楽に！」

と、声高に言った。

源九郎と菅井は長屋を出ると、本所松坂町にむかった。そして、前方に亀楽が見えてくると、

「華町、いるぞ！」

菅井が前方を指差して言った。

見ると、店の前に遊び人ふうの男がふたり立っていた。ふたりは、見張り役かもしれない。

「何人か、店に踏み込んだようだ」

そう言って、源九郎はさらに足を速めた。

源九郎と菅井は、亀楽からすこし離れた場所に足をとめた。そこで、安田と孫六が来るのを待った。おしずが、源九郎につづいて、安田と孫六の家をまわったので、そう待たずに姿を見せるはずだ。

源九郎の読みどおり、いっときすると、安田と孫六が姿を見せた。おしずの姿はなかった。おしずは、女の自分は男たちの足手纏《あしでまと》いになると思い、長屋にとどまったのだろう。

源九郎と菅井は、安田と孫六がそばに来るのを待って、改めて亀楽に目をやっ

た。

七

「このまえのやつらだ！」

亀楽の戸口近くにいた男のひとりが、声を上げた。源九郎たち四人を目にしたようだ。

すると、別の男が店内に飛び込んだ。他の仲間に知らせにいったらしい。

源九郎たち四人が亀楽の戸口近くまで行くと、店内から男が四人飛び出してきた。三人は遊び人ふうだが、ひとりは牢人体の武士だった。ひとり戸口に残っていたので、総勢五人である。その五人のなかで、武士は用心棒のような立場なのかもしれない。

「俺が、あの牢人とやる！」

菅井が、源九郎に言った。

「まかせる」

源九郎は、菅井なら武士にも後れをとるようなことはないとみた。

亀楽から飛び出してきた遊び人ふうの男のひとりが、

「二本差しが、三人もいるぞ！」

　と、声を上げた。

　源九郎、菅井、安田の三人は、店の戸口からすこし離れた場所で足をとめた。亀楽を守るために、まず遊び人ふうの四人の男を店の戸口から離れた場所に連れ出して、討ち取ろうと思ったのだ。

　孫六は源九郎たちから身を引き、すこし離れた場所に立っている。

「殺《や》っちまえ！」

　遊び人ふうの男が叫び、懐から匕首を取り出した。これを見た他の仲間も、腰に差していた長脇差を抜いたり、匕首を手にしたりして、源九郎たち三人を取り囲むようにまわり込んできた。

　源九郎たちの思惑どおり、四人とも亀楽の店先から離れた。

　菅井は素早い動きで、牢人体の男の前に立った。そして、刀の柄に右手を添え、居合の抜刀体勢をとった。

「居合を遣うのか」

　牢人体の男が言った。

　男は菅井から二間半ほどの間合をとって、足をとめた。迂闊に菅井に近付くと、居合の初太刀で、斬られるとみたのかもしれない。

菅井の背後には、遊び人ふうの男がひとり、まわり込んできた。遊び人ふうの男は、菅井に近寄らずに大きく間合をとっていた。菅井と向き合っている牢人体の男の邪魔にならないように、間合を詰めないようだ。

このとき、源九郎は長脇差を手にした男と向かいあっていた。匕首を持った別の男が、源九郎の背後にまわり込んでいる。もう一人は、安田と対峙していた。

源九郎と向かいあった長脇差を手にした男は腰が引け、体が震えていた。刀を手にした者と斬り合ったことがないのだろう。

「どうした、こないなら、わしの方から行くぞ」

源九郎はそう言って、一歩踏み込んだ。

すると、源九郎の背後にいた遊び人ふうの男が、「殺してやる！」と叫び、手にした匕首を前に突き出すようにして踏み込んできた。

咄嗟に、源九郎は右手に体《たい》を寄せ、背後に目をむけると、体を捻《ひね》るようにして手にした刀を袈裟《けさ》に払った。一瞬の太刀捌《たちさば》きである。切っ先が、背後からきた男の右の二の腕をとらえた。

ギャッ！　と叫び声を上げ、男は手にした匕首を落とし、前によろめいた。男の右腕から、血が流れ出ている。ただ、それほどの深手ではなかった。皮肉を裂かれただけだろう。源九郎は、男の腕を斬り落とさないように手加減したのだ。男は前によろめき、足がとまると、反転した。恐怖に顔を歪《ゆが》め、逃げ場を探すように周囲に目をやった。

すかさず、源九郎が踏み込み、

「動けば、斬るぞ！」

と、言って、切っ先を男の喉元にむけた。

男は逃げることもできず、身を震わせて、その場に立っている。

このとき、菅井と対峙していた牢人体の男が、イヤアッ！　と甲走《かんばし》った気合を発して斬り込んだ。

青眼の構えから、真っ向へ――。

この動きを読んでいた菅井は、右手に体を寄せざま抜きつけた。居合の一瞬の抜刀である。

牢人の刀の切っ先が、菅井の肩先をかすめて空を切り、菅井の切っ先は、牢人の脇腹を横に斬り裂いた。

ふたりは二間半ほどの間合をとって、ふたたび対峙した。牢人の小袖が腹の辺りで横に裂け、露《あらわ》になった肌が血に染まっている。ただ、出血はすくなく、浅く皮肉を裂かれただけらしい。命に別状はないようだ。

だが、青眼に構えた牢人の切っ先が震えていた。腹を斬られたことで、気が昂り、腕に力が入り過ぎているのだ。

「勝負、あったぞ。刀を引け！」

菅井が牢人に声をかけた。

「まだだ！」

叫びざま、牢人がいきなり斬り込んできた。

振りかぶりざま、袈裟へ――。

気攻めも牽制《けんせい》もない唐突な仕掛けだった。

菅井は一歩身を引いて、牢人の切っ先をかわすと、手にした刀を居合の抜刀の呼吸で袈裟に斬り上げた。

菅井の切っ先が、牢人の脇腹から胸にかけて斬り裂いた。牢人は、呻き声を上げてよろめき、足がとまると、腰から崩れるように倒れた。

そして、地面に俯《うつぶ》せに倒れると、両手を地面について首をもたげたが、すぐにぐったりとなった。

これを見た源九郎の近くにいた男が、慌てて身を引き、

「青島《あおしま》の旦那が、殺られた！」

と、叫び、反転して逃げ出した。牢人の名は、青島といったらしい。

叫び声を聞いた他のふたりも、慌てて身を翻《ひるがえ》し、逃げる男の後を追って走りだした。男たちは後ろも見ずに懸命《けんめい》に逃げていく。

これを目にした孫六が、

「後を追って、行き先をつきとめやすか」

と、源九郎に近付いて訊いた。

「追わなくていい。相手は、ならず者たちだ。それに、後を追っても、追いつかないだろう」

源九郎はそう言って、切っ先をむけていた男に目をやり、

「ひとり、押さえてある。この男から話を訊いてみよう」

と、孫六たちに言った。

八

源九郎は前に立って震えている男に目をやり、

「おまえの名は」

と、訊いた。

男は蒼褪《あおざ》めた顔で震えていたが、

「彦次郎《ひこじろう》でさァ」

と、小声で名乗った。

「彦次郎、おまえたちの親分は、藤兵衛か」

源九郎が訊いた。親分の名は、闇の政五郎と呼ばれる男らしいと聞いていたが、念のために確かめたのである。

彦次郎は戸惑うような顔をしていたが、

「藤兵衛の旦那も、親分と呼びやすが、本当の親分じゃァねえ」

と、小声で言った。

「では、本当の親分はだれだ」

「……」

彦次郎は、口を開かなかった。

「闇の政五郎か」

源九郎が政五郎の名を出した。

彦次郎は驚いたような顔をして源九郎を見た。あまり表には出ない政五郎の名を知っていたからだろう。

「ちがうのか」

源九郎が、念を押すように訊いた。

「そ、そうだ」

彦次郎が、声をつまらせて言った。

「ところで、おまえたちは、亀楽に何度も手を出しているが、どういうつもりなのだ」

源九郎が、彦次郎を見据えて訊いた。

「亀楽は所場代を払わねえ。それで、店から出ていってもらうために、俺たちは亀楽に来たのよ」

彦次郎が言った。

「おい、亀楽は昔からこの場所で、店をひらいていたのだぞ。なんで、おまえたちに所場代を払わねばならないのだ」

源九郎が、語気を強くして言った。

「……」

彦次郎は何も言わず、肩をすぼめて、視線を膝先に落とした。

そのとき、源九郎のそばにいて辺りに目をやっていた菅井が、

「元造がいるぞ」

と言って、亀楽の戸口に目をやった。

元造は、亀楽の戸口から外を覗《のぞ》いていた。亀楽の裏手にでも身を隠し、店の表が静かになったので、様子を見に出て来たのではあるまいか。

「華町、元造を連れてくる」

菅井が、源九郎に声をかけた。

源九郎は亀楽に目をやり、

「そうだな、元造も、何か知っているかもしれんな」

と、小声で言った。

菅井が、元造を連れて源九郎たちのそばに戻ってきた。元造は蒼褪めた顔で、身を震わせている。

「元造、怪我はないか」

源九郎が訊いた。

「け、怪我はしてねえ」

元造が声を震わせて言った。

「店にいたのか」

「店の裏手に、逃げてたんでさァ」

「わしらは、おしずから話を聞いて駆け付けたのだ。ならず者たちは、追い払った。……ひとりだけ、捕らえたのだ。話を訊くためにな」

源九郎はそう言った後、傍《かたわ》らにいる彦次郎に目をやった。彦次郎は肩を落とし、頭を垂れていた。

「あっしも、訊きてえことがあるんでさァ」

元造が身を乗り出して言った。

「訊いてくれ」

源九郎は、彦次郎からすこし離れた。

「どうして、あっしの店ばかり、狙うんだ」

元造が声高に言った。元造は、ならず者たちが自分の店ばかり狙う理由を知りたかったようだ。

「詳しいことは知らねえが、亀楽は賭場《とば》を開くのにいい場所だと聞いてやす」

彦次郎が、声をひそめて言った。

「賭場だと！」

源九郎が声を上げた。

「そうでさァ。人出の多い両国広小路は近《ちけ》えし、回向院もすぐ近くだ。それでいて、亀楽の近くは、それほど人通りはねえ。……賭場を開くのには、いい場所だ」

「そういうことか」

源九郎がうなずいた。

次に口を開く者がなく、その場が静まったとき、

「あっしを帰《けえ》してくだせえ。……旦那たちのことは、だれにも喋《しゃべ》らねえ」

彦次郎が、その場にいた源九郎たちに目をやって言った。

「帰せだと！　駄目だ。帰せば、頭目の政五郎はともかく、藤兵衛のところに行って、わしらのことを話すにちがいない」

源九郎が言った。

「そんなことはねえ、藤兵衛親分のところにも帰《けえ》らねえ」

彦次郎がむきになって言った。

「ところで、藤兵衛だが、塒《ねぐら》はどこにある」

源九郎が彦次郎を見つめて訊いた。

「行ったことはねえが、情婦《いろ》に柳橋《やなぎばし》で料理屋をやらせていると聞いたことがありやす」

「料理屋の名は」

「聞いてねえ」

「そうか。……弥助という男を知っているか」

源九郎が弥助の名を口にした。

「知ってやす」

「弥助はな、政五郎や藤兵衛の手から逃れるために、長屋のわしの家にいる。

……彦次郎、ほとぼりが冷めるまで、弥助と一緒にわしの家にいるか」

源九郎が訊いた。

彦次郎は驚いたような顔をして、源九郎を見つめていたが、

「旦那のところに、お世話になりやす」

と、小声で言った。

「それなら、わしらと一緒に長屋に来い」

源九郎がそう言って、先にたった。

彦次郎がつづいた。縄もかけていなかったし、逃げ道を塞《ふさ》ぐために、彦次郎の脇や背後につく者もいなかった。源九郎たちは、彦次郎に逃げる気がないとみたからだ。

源九郎たちが、亀楽から半町ほど離れたときだろうか。亀楽の脇から、遊び人ふうの男がひとり姿をあらわした。そして、道沿いの店や通行人の背後などに身を隠しながら、源九郎たちの跡を尾《つ》け始めた。

第二章　襲撃

一

源九郎は、弥助と彦次郎が握りめしを食べ終えたのを見ると、

「どうだ、茶にするか」

と、声をかけた。

源九郎たちがいるのは、伝兵衛店の源九郎の家だった。五ツ（午前八時）ごろである。今朝、いつもより早く起きた源九郎は、飯を炊き、握りめしにして、三人で朝飯を食べたのだ。

「いただきやす」

弥助が言うと、彦次郎もうなずいた。

源九郎たちが、彦次郎を捕らえて三日経っていた。彦次郎は、先に捕らえて源九郎の家で寝泊まりしていた弥助と一緒に源九郎の家で過ごしていた。ふたりは、ほとぼりが冷めるまで長屋の源九郎の家に身を隠すつもりでいたのだ。

源九郎は、急須と三人の湯飲みを盆にのせて座敷に上がり、弥助と彦次郎の膝先に湯飲みを置いた。そして、源九郎はふたりの脇に腰を下ろし、茶を淹れてから自分でも湯飲みを手にした。

三人で茶を飲み始めて、小半時（三十分）も経ったろうか。カツ、カツ、と下駄の音がした。下駄の音は、源九郎の家の戸口の前でとまり、

「華町の旦那、いますか！」

と、腰高障子の向こうで、お熊《くま》の声がした。

お熊は、源九郎の斜向《はすむ》かいに住んでいる、助造《すけぞう》という日傭取《ひようと》りの女房だった。子供はなく、ふたり暮らしである。

「いるぞ。入ってくれ」

源九郎が座敷から声をかけた。

すぐに、腰高障子が開き、お熊が入ってきた。歳は四十過ぎ、でっぷり太っていた。洒落《しやれ》っ気はなく、身形《みなり》には頓着しなかった。小袖の裾をめくり上げ、赤い

二布《ふたの》が露になっている。

お熊は源九郎たち三人が、座敷で茶を飲んでいるのを目にすると、戸惑うような顔をしたが、

「路地木戸の先に、ならず者のような男がいるんだよ」

と、眉を寄せて言った。

「ひとりか」

源九郎が訊いた。

「ひとりだよ。……長屋を見張っているようだよ」

「行ってみるか」

源九郎の脳裏《のうり》に、藤兵衛の子分のことが浮かんだ。源九郎たちの動きを探るために、長屋を見張っているのかもしれない。

「お熊、菅井に、ここに来るように知らせてくれんか」

源九郎が言った。ならず者を捕らえるには、菅井の手が必要だった。場合によっては、安田や孫六たちの手も借りることになるかもしれない。

「菅井の旦那に、知らせてくるよ」

お熊はそう言い残し、慌てて戸口から出ていった。

源九郎は湯飲みを脇に置き、

「ふたりは、ここにいろ。下手にここから出ると、藤兵衛の子分たちの目に触れ、命を狙われるぞ」

と、言い残し、座敷の隅に置いてあった大刀を手にして部屋から出た。

戸口でいっとき待つと、お熊が菅井を連れてもどってきた。

菅井は源九郎の姿を目にすると、小走りにそばに来て、

「ならず者のような男が、路地木戸の先にいるそうだ」

と、昂《たかぶ》った声で言った。

「藤兵衛の子分かもしれん」

源九郎は手にした大刀を腰に差した。

「行ってみるか」

「そうだな」

源九郎と菅井がその場から離れようとすると、

「華町の旦那、あたしは、どうすればいいんだい」

お熊が、うわずった声で訊いた。

「家にいてくれ。頼みたいことができたら、戻ってお熊に頼む」

源九郎が言うと、お熊は緊張した面持ちで、

「あたし、家にいるからね。何かあったら知らせておくれ」

と、声高に言った。

源九郎と菅井は、小走りに長屋の路地木戸にむかった。そして、路地木戸から出て、通りに目をやった。

「菅井、あそこだ！　米屋の脇にいる」

源九郎が通りの先を指差した。

半町ほど先の通り沿いに、搗米屋《つきごめや》があった。その店の脇に男がひとりいて、長屋の方に目をむけている。

「長屋を見張っているようだ」

菅井が身を乗り出して言った。

「どうする」

源九郎が訊いた。

「捕らえよう。……おれが、やつの先に出る。華町は後から来てくれ。挟み撃ちにしよう」

「分かった」

源九郎がうなずいた。

菅井は、路地木戸の前の通りを行き来する人に目をやった。身を隠せるような物を持った者が通りかかるのを待っているのだ。

それからいっときし、大きな風呂敷包みを背負った男が通りかかった。風呂敷包みには、古着でも入っているのかもしれない。

菅井はすばやく路地木戸から出て、風呂敷包みを背負った男の背後に身を寄せた。そして、搗米屋の方にむかった。搗米屋の脇にいる男に、菅井の顔は見えないはずである。

一方、源九郎は路地木戸のそばから離れず、菅井と搗米屋の脇にいる男に目をやっていた。

菅井は風呂敷包みを背負った男の陰に身を隠して、搗米屋に近付いていく。搗米屋の脇にいる男は、その場から動かなかった。近付いていく菅井に、気付かないようだ。

二

菅井は搗米屋の前を通り過ぎて一町ほど行くと、風呂敷包みを背負った男から離れ、踵《きびす》を返した。そして、搗米屋の陰に身を潜めている男の方に、もどってきた。

搗米屋の陰にいる男は、長屋に目をむけているので、背後から来る菅井には、まったく気付かない。

源九郎は菅井が搗米屋に近付いてくるのを目にすると、路地木戸から通りに出た。そして、足早に搗米屋にむかった。

搗米屋の陰にいる男は源九郎の姿を見ると、身を引いて搗米屋の脇にまわった。通りから見えない場に隠れたらしい。背後から近付いてくる菅井には、まだ気付いていないようだ。

源九郎は、菅井と歩調を合わせるようにして搗米屋に近付いた。そして、すこし離れた場から店の脇を覗いた。

すると、男は源九郎から逃れるために、搗米屋の脇から飛び出した。

菅井が素早く男の前に立ち、

「逃がさぬ！」

と言って、手にした刀の切っ先を男にむ《む》けた。

一瞬、男は驚愕《きようがく》に目を剝いて、その場に棒立ちになった。源九郎に気をとられ、菅井には、まったく気付いていなかったのだ。

「この場で斬られたくなかったら、おとなしくするんだな」

源九郎はそう言って、男の背後にまわった。そして、念のため用意しておいた細引《ほそびき》で、男の両腕を後ろで縛《しば》った。

源九郎は菅井とふたりで捕らえた男を長屋に連れていき、菅井の家に入った。源九郎の家でもよかったが、彦次郎と弥助がいたからだ。

菅井が男を座敷に座らせ、

「ここは、泣こうが喚《わめ》こうが、気にする者はいない。痛い思いをしたくなかったら、俺たちが訊いたことに隠さず答えるんだな」

と、男を見据えて言った。

男は顔をしかめて菅井と源九郎に目をやったが、何も言わなかった。恐怖と緊張のために、肩先が震えている。

「おまえの名は」

菅井が訊いた。

男はいっとき口を結んでいたが、

「安次《やすじ》だ」

と、顔をしかめたまま名乗った。

「安次、長屋を見張っていたようだが、何のためだ」

源九郎が、安次を見つめて訊いた。

安次は虚空《こくう》を見つめて黙っていたが、

「てめえらが、おれたちを嗅《か》ぎまわるからよ」

と、吐き捨てるように言った。

「おまえたちが、亀楽から手を引かぬからだ。亀楽はな、この長屋の者たちが贔屓にしている店なのだ」

源九郎が言うと、菅井がうなずいた。

「そんなこたァ、おれたちには、どうでもいい。あの店は賭場を開くのに、いい場所にあるのよ」

安次が嘯《うそぶ》くように言った。

「亀楽を賭場にはさせぬ」

源九郎はそう言った後、

「おまえたちこそ、亀楽から手を引かぬと、生かしてはおかぬ」

と、語気を強くして言い添えた。

次に口を開く者がなく、座敷は重苦しい沈黙につつまれたが、

「おまえたちの親分は、藤兵衛か」

と、源九郎が念を押すように訊いた。

「そうだ」

安次は否定しなかった。

「藤兵衛の裏には、闇の政五郎と呼ばれる親分がいると聞いたが」

源九郎が、政五郎の名を出して訊いた。

安次は厳しい顔をして虚空を睨むように見据えていたが、

「お、おれは、政五郎親分の顔を見たこともねえ」

と、声をつまらせて言った。

「どこにいるか、知らないのか」

源九郎が訊いた。

「柳橋にいることもある、と聞いたが……」

安次は語尾を濁した。

「柳橋のどこにいるのだ」

「知らねえ」

「おまえたちに指図している親分は、藤兵衛らしいが、藤兵衛の情婦《いろ》も、柳橋にいると聞いたぞ」

源九郎が言った。

安次が驚いたような顔をして源九郎を見た。源九郎が、藤兵衛の情婦の居所を知っていたからだろう。

「おれも、藤兵衛親分の情婦が柳橋にいると、耳にしたことはある。でも、おれは情婦の名も知らねえし、柳橋の何処《どこ》にいるかも知らねえんだ」

安次が語気を強くして言った。

源九郎は、安次が嘘を言っているとは思わなかったので、それ以上、藤兵衛のことは訊かなかった。

「菅井、何かあったら訊いてくれ」

源九郎が、菅井に目をやって言った。

「安次、これから先も藤兵衛は亀楽から手を引く気はないのか」

菅井が安次を見据えて訊いた。

安次は口をつぐんで戸惑うような顔をしていたが、

「親分は、亀楽から手を引く気はねえ」

と、小声で言った。

「そうか。……俺たちも、おまえたちから手を引く気はない」

菅井がそう言って、安次を睨むように見た。

安次は肩をすぼめ、膝先に視線をむけたまま黙っている。

源九郎と菅井は安次の尋問を終えると、しばらく菅井の家に監禁しておくことにした。源九郎の家には弥助と彦次郎がいたので、安次を預かるのは無理だったのだ。

三

源九郎と菅井が、安次を捕らえて話を訊いた二日後、源九郎の家の戸口に近付いてくる下駄の音がした。ひどく慌てているようだ。

下駄の音は戸口でとまり、

「華町の旦那！　大変だよ」

お熊の声がした。

源九郎は、流し場で食器を洗っていた。源九郎、弥助、彦次郎の三人で、朝飯を食った後である。

「お熊、入ってくれ」

源九郎が声をかけた。

すぐに、腰高障子が開いて、お熊が土間に入ってきた。お熊は、源九郎の顔を見るなり、

「大変だよ！」

と、声を上げた。

「どうした、何かあったのか」

源九郎が、お熊に訊いた。

「な、長屋の路地木戸の近くに、大勢集まってるよ」

お熊が、声をつまらせて言った。顔がいつもと違っていた。蒼褪め、目尻がつり上がっている。

「誰が集まっているのだ！」

源九郎の声が大きくなった。

「ならず者たちだよ」

「なに、ならず者たちだと！」

源九郎は、藤兵衛の子分たちだろうと思った。

「そうだよ。七、八人いる。長屋に、踏み込んできそうだよ」

お熊が、戸口で足踏みしている。

「お熊、すぐに長屋をまわってくれ。……子供と年寄りは外に出すな。家で仕事をしている男と女房連中に話して、踏み込んできた男たちに遠くから石を投げるんだ。いいか、どんなことがあっても、男たちに近付かないようにしてくれ」

源九郎が、珍しく大声で言った。

「分かった。わたし、長屋をまわってくる」

お熊はそう言い残し、戸口から飛び出して言った。

いっときすると、長屋に残っていた菅井、安田、孫六の三人が駆け付けた。茂次、三太郎、平太の三人は、長屋にいなかったようだ。

「ここに、藤兵衛の子分たちが踏み込んでくる。長屋から犠牲者《ぎせいしゃ》を出さないように、何とかここで食い止めよう」

源九郎が、いつになく切羽《せっぱ》詰まったような顔で言った。

「よし、ここで、子分たちを迎え撃とう」

菅井が語気を強くして言った。

源九郎、菅井、安田の三人は家から出ると、腰高障子を背にして立った。背後から攻撃されるのを防ぐために、家の戸口から離れなかったのだ。

孫六、それに、弥助と彦次郎が、家に残っている。ふたりは、藤兵衛の子分たちと下手に顔を合わせると殺されると思ったようだ。仲間を裏切って、源九郎たちの世話になっているとみられるからだろう。それに、弥助と彦次郎は、藤兵衛の子分にもどる気はないようだ。

そのとき、長屋の路地木戸の方で大勢の足音が聞こえた。藤兵衛の子分たちが、踏み込んできたようだ。さらに、女、子供の悲鳴も聞こえた。踏み込んできた藤兵衛の子分たちを目にした者がいるらしい。

「来たぞ！」

菅井が言った。

見ると、何人もの男たちが小走りに近付いてくる。総勢八人だった。そのなかに、牢人体の武士がふたりいた。後の六人は、遊び人ふうだった。長脇差を腰に差している者が、三人いる。

「いたぞ！　あそこだ」

前にいた遊び人ふうの男が、源九郎たちを指差して声を上げた。

八人の男は、源九郎たちの前に走り寄った。そして、牢人体のふたりの男が、源九郎と菅井の前に立った。安田には、遊び人ふうの男がふたり、近寄ってきた。

さらに、別のふたりが、戸口の前にいる源九郎たち三人の両脇にまわり込んだ。ふたりは、長脇差を手にしている。

源九郎の前に立った大柄な武士が、

「厄介《やっかい》なのは、この三人だけだ」

と言って、源九郎、菅井、安田の三人を指差した。どうやら、源九郎たちのことを知っているらしい。

「菅井、ここから離れるな。後ろにまわられると、厄介だぞ」

源九郎が菅井に言った。

「華町もな」

そう言って、菅井が抜刀体勢をとった。

そのとき、牢人体の武士の背後にいた長身の男が、

「来たぞ！　長屋の連中だ」

と、声を上げた。

見ると、向かいにある長屋の棟の脇やすこし離れた場にある井戸の方から、長

屋の女たちが何人も姿を見せた。お熊が、長屋をまわって集めてきた女房連中らしい。そのなかには、男の姿もあった。居職《いじょく》で、長屋の家にいて仕事をしている男たちである。

「いるよ！　華町の旦那の家の前に」

お熊の声がした。お熊が集まった者たちの先頭にたっている。

「近付いて、石を投げるんだ！」

男のひとりが叫んだ。

「子供は、前に出るな！」

別の男が言った。

四

「おい、大勢だぞ！」

武士の背後にいた長身の男が言った。この男は、三十がらみに見えた。踏み込んできた八人のなかでは、頭格なのかもしれない。

「長屋のやつらなど、恐れることはない。近付いてきたら、斬り殺してやる」

別の武士が言った。そして、刀を手にしたまま二、三歩、お熊たちに近付いた。迎え撃つ気らしい。

これを見た菅井が、

「近付くな！　そこから石を投げろ」

と、叫んだ。

その声で、近付いてきた女房連中や長屋にいた男たちの足がとまった。すると、女房連中の先頭にいたお熊が、足元の小石を拾い、

「石を投げるんだよ！」

と、声を上げて、手にした小石を投げた。

小石は、戸口の前にいる男たちにはとどかず、すこし離れた場の地面に落ちてコロコロと転がった。

それでも、戸口の前に立っていた男のひとりが、手にした匕首を振り上げ、

「石を投げれば、殺すぞ！」

と、威嚇《いかく》するように叫んだ。

これを聞いたお熊が、

「あんなやつ、怖くはないよ」

と、声を上げ、さらに足元の小石を拾って投げた。その小石は、匕首を振り上

げた男の足元まで飛んで、地面に転がった。

これを見たお熊のそばにいた別の女房が、

「あたしも、投げる」

と言って、お熊につづいて小石を投げた。その小石は転がって、戸口の前にいた別の男の踵《かかと》辺りに当たった。すると、男は慌てて脇に逃げた。

「みんな、お滝《たき》さんの石が当たったよ！」

お熊が声を上げた。

すると、近くにいた女房連中が、「石を投げろ！」「遠くなら、怖くないよ！」などと声を上げ、近くにあった小石を拾って投げた。

バラバラと、小石が飛んだ。小石は戸口近くの地面に落ちたり、的が外れて、別の方向に飛んだりするのが多かったが、戸口にいる男たちの背や足に当たる石もあった。

小石が太股《ふともも》あたりに当たった男のひとりが、

「殺してやる！」

と、叫び、威嚇するように手にした匕首を振り上げ、女房連中にむかって歩きだした。

これを見たお熊が、近付いてくる男にむかって小石を投げた。小石は、男の足元に落ちて地面に転がった。

男は足をとめた。大勢で、石を投げられたら、どうにもならないと思ったのだろう。

するとお熊の近くにいた女房のひとりが、

「みんな、どんどん投げるんだよ!」

と、声を上げ、手にした石を投げた。石は戸口から離れたところに落ちたが、女房たちは、つづいて石を投げた。石の多くは戸口にいる男のそばまで飛ばなかったが、いくつか男に当たった。

「おのれ!」

武士のひとりが声をあげ、源九郎の前から離れた。そして、手にした刀を振り上げ、

「殺してやる!」

と、叫び、女たちのいる方に近付こうとした。

そのとき、武士は反転して源九郎に背をむけた。この一瞬の隙を源九郎がとらえた。

タアッ！　鋭い気合を発し、踏み込んで斬りつけた。

青眼の構えから袈裟へ——。

源九郎の手にした刀の切っ先が、背をむけた武士の肩から背にかけて斬り裂いた。

グッ、と喉のつまったような呻き声を上げ、武士がよろめいた。そして、足がとまると腰からくずれるように倒れた。それでも、浅手らしく這《は》って逃げていく。

これを見た長身の男が、

「引け！　この場は、逃げるんだ」

と、声を上げ、その場を離れた。そして、長脇差を手にしたまま路地木戸のある方に足早にむかった。逃げたのである。

すると、長身の男につづいて、戸口の近くにいた武士と遊び人ふうの男たちも逃げだした。

男たちは、路地木戸の方へ逃げていく。これを見た長屋の女房連中や近くにいた何人かの男が、後を追って路地木戸の方にむかった。

源九郎は、女房連中が男たちを追って、その場を離れるのを見て、

「追うな！　返り討ちにあうぞ」

と、叫んだ。逃げていく男たちは、いずれも刀や匕首などの武器を持っていた。下手に近付けば、返り討ちにあうだろう。

源九郎の声で、男たちの後を追った長屋の者たちの足がとまった。深追いすると、返り討ちにあうと思ったようだ。

すぐに、逃げていく男たちの姿は見えなくなった。路地木戸から、表の通りに出たらしい。源九郎、菅井、安田、孫六の四人は、源九郎の家の戸口に立ち、

「みんなの御蔭で、助かった。……礼を言うぞ」

と、集まった長屋の者たちに声をかけた。

すると、女房連中のなかにいたお熊が、

「礼なんか、いらないよ。長屋のみんなは、同じ家族のようなものなんだから」

と、そばにいた女房たちに目をやって言った。

「そうだよ。華町の旦那たちも、あたしの家族さ」

すこし腰の曲がったおまつという老妻《ろうさい》が言った。

「おまつさんは、あたしの妹かねえ」

と、そばにいた女房が言うと、女房連中から、ドッと笑い声がおこった。

五

源九郎、菅井、安田、孫六の四人は、安田の家にむかった。今後、どうするか話をするつもりだった。源九郎と菅井の家で、捕らえた男を監禁していたので、安田の家で話すことにしたのだ。

源九郎は、安田の家の座敷に腰を落ち着けると、

「弥助と彦次郎は、逃がしてもいいな」

と、つぶやいた。藤兵衛の子分たちには、源九郎や菅井が伝兵衛店のどの家に住んでいるかも知られているし、長屋の仲間のこともつかまれている。ふたりを監禁しておく必要はないのだ。

「安次もな」

菅井が言った。安次は、菅井が監禁していた。

「様子を見て、弥助たち三人は、逃がしてやろう」

源九郎が言うと、菅井がうなずいた。

源九郎と菅井のやりとりが終わると、

「茶を淹れようか」

安田が男たちに目をやって訊いた。

「湯は沸いているのか」

菅井が訊いた。

「いや、これから沸すのだ」

安田が言った。

「茶はいい。話が終わってからにしてくれ」

源九郎はそう言った後、

「何か手を打たないと、また、藤兵衛の子分たちは、仕掛けてくるぞ。今日は、長屋のみんなの御蔭で助かったが、次はそうはいかないだろう。……夜になって、ひそかに忍び込んで、火でも点《つ》けられたら、わしらだけでなく、長屋から大勢の犠牲者が出るぞ」

と、眉を寄せて言った。

「そうだな。何か手を打たないと……」

安田が腕を組んでつぶやいた。

次に口を開く者がなく、その場が重苦しい沈黙につつまれたとき、

「裏で、藤兵衛が動いているのは、間違いない。このままでは、子分たちを捕ら

えたり、討ち取ったりしても、なかなか始末はつかないぞ」

源九郎が言った。

「俺もそう思う」

菅井が言うと、安田と孫六がうなずいた。

「藤兵衛やその背後にいる政五郎を何とかしないと、始末はつかないな」

源九郎が、男たちに目をやって言った。

菅井、安田、孫六の三人はうなずいたが、口をひらかなかった。これといった妙案がないのだろう。

「藤兵衛の情婦が、柳橋で料理屋をやっていると聞いたことがある。柳橋をあたれば、その料理屋がつかめるかもしれんな」

源九郎が言うと、安田と孫六の目が源九郎にむけられた。

「柳橋は、料理屋や料理茶屋などが多いところだ。料理屋というだけでは、突き止めるのはむずかしいが、藤兵衛の名を出せば、知っている者がいるはずだ」

「柳橋に行って、探ってみるか」

菅井が男たちに訊いた。

「行きやしょう！」

孫六が、声高に言った。

その場にいた源九郎たち四人は、明日の昼過ぎに長屋を出て、柳橋にむかうことにした。料理屋や料理茶屋を探るのは、昼過ぎてからがいいだろうと踏んだのである。

翌日、昼を過ぎると、源九郎の家に、菅井、安田、孫六の三人が集まった。源九郎たち四人は長屋を出ると、竪川《たてかわ》沿いの通りに出てから西にむかい、大川にかかる両国橋を渡った。渡った先が賑やかな両国広小路で、様々な身分の老若男女《ろうにゃくなんにょ》が行き交っていた。

源九郎たちは、両国広小路を西にむかってすこし歩いてから右手に折れ、神田川《かんだがわ》にかかる柳橋のたもとに出た。その橋を渡った先が、柳橋と呼ばれる地である。

源九郎たちは柳橋を渡ると、神田川沿いの道を西にむかった。この辺りは、料理屋や料理茶屋などが多く、遊女がいることでも知られていた。

源九郎たちは川沿いの道をいっとき歩いたが、藤兵衛の情婦がやっているという料理屋は、どの店なのか分からない。

源九郎は通り沿いで枝葉を繁らせていた椿《つばき》のそばまでくると、足をとめ、

「こうやって歩いていても、藤兵衛の情婦が女将《おかみ》をしている店は分からない。どうだ、手分けして探さないか」

源九郎が、菅井たち三人に目をやって言った。

菅井たちはすぐに同意し、半刻（一時間）ほどしたら、椿のそばにもどることにして、その場で別れた。

ひとりになった源九郎は通りの先に目をやり、半町ほど先に蕎麦屋があるのを目にとめた。老舗《しにせ》らしく、落ち着いた雰囲気のある店である。

その蕎麦屋から、職人ふうの男がふたり出てきた。ふたりは何やら話しながら、神田川沿いの道を歩いていく。

源九郎はふたりに訊いてみようと思い、後を追った。そして、ふたりに近付くと、

「ちと、訊きたいことがある」

と、声をかけた。

ふたりは、驚いたような顔をして足をとめた。背後から、見知らぬ武士に声をかけられたからだろう。

「歩きながらでいい。たいしたことではないんだ」

源九郎はそう言った後、

「いま、蕎麦屋から出てきたな」

と、ふたりに目をやって訊いた。

「出て来やした。仕事を終えた帰《けえ》りでさァ」

年配の男が言った。

源九郎はふたりの男に身を寄せ、

「大きな声では言えないのだが、この辺りに藤兵衛という親分の情婦が女将をやっている料理屋があると聞いてきたのだ。……俺は何年か前に、藤兵衛親分に世話になったことがあってな。近くを通りかかったので、女将がやっている店に寄ってみようと思ったのだ」

と、声をひそめて言った。源九郎は、咄嗟に思いついたことを口にした。

年配の男は、警戒するような顔をして源九郎を見たが、脇にいた若い男が、

「知ってやすよ。その店は、この先でさァ」

と言って、通りの先を指差した。

年配の男は渋い顔をして若い男を見たが、何も言わなかった。

「店の名は、分かるかな」

さらに、源九郎が訊いた。

「美松屋《みまつや》でさァ。店の脇に、松の木がありやすから、行けばすぐ分かりやすぜ」

若い男が言った。

「そうか。手間を取らせたな」

源九郎はふたりの男に礼を言って、その場から離れた。

六

源九郎は若い男に聞いたとおり、神田川沿いの道を西にむかった。いっとき歩くと、道沿いに二階建ての料理屋があった。店の脇で、松が枝を伸ばしている。

……この店らしい。

源九郎は胸の内でつぶやいた。

源九郎は料理屋からすこし離れてから路傍《ろぼう》に足をとめ、あらためて店に目をやった。思っていたより、大きな料理屋だった。二階にも客を入れる部屋があるらしく、嬌声《きようせい》や酔った男の濁声《だみごえ》などが聞こえてきた。

源九郎がその場に立って料理屋に目をやっていると、背後から近付いてくる足音が聞こえた。振り返ると、孫六が足早にやってくる。

源九郎は孫六がそばに来るのを待って、

「その店が、藤兵衛の情婦がいる店だ」

と言って、指差した。

「大きな店だな」

孫六が、驚いたような顔をした。

「藤兵衛の情婦が、女将をしている店かどうか、確かめてみるか」

源九郎が言った。

「近所で訊けば、すぐ分かりやすぜ」

そう言って、孫六は道沿いにある店に目をやり、

「あっしが、そこの蕎麦屋で訊いてきやす」

と言って、料理屋から三店離れたところにある蕎麦屋を指差した。店の脇に、

「二八そば　御茶漬《おちゃづけ》」と書かれた掛看板《かけかんばん》が出ていた。どうやら蕎麦だけでなく、茶漬も出すらしい。

「頼む」

源九郎が言うと、孫六は小走りに蕎麦屋にむかった。

孫六は腰高障子を開けて蕎麦屋に入り、いっときすると店から出てきた。孫六

は源九郎のそばに戻るなり、

「間違《まちげ》えねえ。美松屋の女将が、藤兵衛の情婦でさァ。女将の名は、おとせ、だそうですぜ」

と、口早に言った。

「藤兵衛は来ているかな」

源九郎が、美松屋に目をやって言った。

そのとき、源九郎は背後から近寄ってくる足音を耳にして振り返った。菅井である。菅井は、源九郎のそばに来ると、

「この辺りに、藤兵衛の情婦が女将をしている店があると聞いて来たのだ」

そう言って、通り沿いの店に目をやった。

「その店でさァ」

孫六が、美松屋を指差した。

「大きな料理屋だな」

菅井が美松屋に目をやって言った。

「女将の名は、おとせですぜ」

孫六は、そう言った後、

「店に藤兵衛が来ているかどうか、分からねえんで……」

と、小声で言い添えた。

「店の者に訊けば分かるだろうが、店に入るわけには、いかないな」

菅井がそう言い、あらためて美松屋に目をやった。

そのとき、美松屋の出入り口の格子戸が開き、商家の旦那ふうの男がふたり、姿を見せた。つづいて、女将らしい年増《としま》が店先に出てきた。

ふたりの男は、年増と何やら言葉をかわしていたが、「女将、また来る」と年配の男が言い、もうひとりの男と一緒に店先から離れた。

女将は店先に立って、離れていくふたりの男に目をやっていたが、いっときすると踵を返して店内にもどった。どうやら、女将はふたりの客を見送りに、出入り口まで来たらしい。

ふたりの客は、何やら話しながら歩いていく。

「あっしが、あのふたりに訊いてきやす」

孫六がそう言い残し、小走りにふたりの男の後を追った。

孫六はふたりの男に追いつくと、声をかけ、肩を並べて歩きだした。三人は一町ほど歩くと、孫六だけが足をとめて踵を返した。そして、小走りに源九郎たちのいる場にもどってきた。ふたりの男は、そのまま歩いていく。

「美松屋に、藤兵衛は来ているのか」

すぐに、源九郎が孫六に訊いた。

「店には、いねえようです」

孫六がふたりの男に聞いたことによると、女将の情夫《いろ》を店内で見たことはないという。

「いないのか」

「ただ、店の裏手に離れがありやしてね。そこに、いることがあるらしいと言ってやした」

孫六が言った。

すると、源九郎の脇にいた菅井が、

「おれも、離れのことは耳にした。……女将の情夫の藤兵衛は、離れにいることが多いようだ」

と、口を挟んだ。

「離れか。藤兵衛は、美松屋の裏手にある離れにいるかもしれんな」

源九郎が、美松屋の脇の小径《こみち》に目をやって言った。その小径をたどれば、裏手にも行けそうだ。

「離れに、行ってみやすか」

孫六が身を乗り出して言った。

「待て、美松屋の裏手にある離れには、藤兵衛の子分たちがいるかもしれん。下手に踏み込むと、返り討ちだぞ」

源九郎は、離れに踏み込むのは裏手の様子をつかんでからだ、と思った。それに、この場には、安田がもどっていない。いずれ、安田も美松屋のことを耳にして、店の近くに来るだろう。安田が下手に美松屋を探ると、美松屋の奉公人や藤兵衛の子分たちに知れて、騒ぎたてるかもしれない。そうなると、裏手に忍び込んでいる源九郎たちは、逃げ場がなくなってしまう。

「ともかく、安田がもどるのを待とう」

源九郎が言った。

源九郎、菅井、孫六の三人は、美松屋からすこし離れた道沿いにある八百屋《やおや》の脇に身を隠して、安田が来るのを待つことにした。

七

源九郎たち三人が八百屋の脇に身を隠していっときすると、通りに目をやっていた孫六が、

「安田の旦那ですぜ！」

と、通りの先を指差して言った。

見ると、安田が足早に美松屋の方に歩いてくる。どうやら、安田も美松屋のことを聞いて、様子を見に来たらしい。

「あっしが、安田の旦那に知らせてきやす」

孫六はそう言い残し、八百屋の脇から通りに出た。

孫六が安田の前に立ち、ふたりで何やら話していたが、孫六が安田を連れて八百屋の方に歩いてきた。

安田は、八百屋の脇に身を隠している源九郎たちのそばに来るなり、

「美松屋に、藤兵衛はいないそうだな」

と、源九郎たちに目をやって言った。

「そうだ。これから、裏手の離れに、藤兵衛がいるかどうか確かめるつもりでい

たのだ」

源九郎が言うと、その場にいた菅井がうなずいた。

「裏手の離れに踏み込むのか」

安田が訊いた。

「いや、今、踏み込むのはまずい。藤兵衛がいなかったら、どうにもならないからな。それに、藤兵衛はわしらに離れまで探られたと知れば、美松屋に寄り付かなくなる。そうなると、藤兵衛の居所を探すのが難しくなる」

源九郎が、安田だけでなく、その場にいる男たちに目をやって言った。

「しばらく、様子を見るしかないか」

安田が言うと、その場にいた男たちがうなずいた。

それから、一刻（二時間）近く経ったろうか。美松屋には客が何人か出入りしたが、店の脇の小径から出入りする者は、いなかった。

「出てこねえなァ」

孫六が、両手を突き上げて伸びをした。

ふいに、孫六の突き上げた両手がとまり、

「出てきた！」

と、昂った声で言った。

見ると、店の脇の小径から男がひとり、姿を見せた。遊び人ふうの男である。

男は通りに出ると、神田川沿いの通りを西にむかった。

「あの男を押さえよう！」

源九郎が身を乗り出して言った。

「俺が、やつの前に出る」

安田が言い、八百屋の脇から出て、小走りに男の後を追った。

源九郎、菅井、孫六の三人も、安田につづいて足早に通りを西にむかった。

安田は遊び人ふうの男に近付くと、道の端を通って男の前に出た。安田は男からすこし離れてから足をとめ、男の方に顔をむけた。そして、足早に男に近付いた。

男は近付いてくる安田を見て、驚いたような顔をして足をとめた。そして、懐に右手をつっ込んだ。匕首でも、隠し持っているのかもしれない。

安田が男に近付いて、刀の柄に右手を添えると、

「俺に何か、用かい！」

男が目を剝いて訊いた。

「用があるから、こうやって前にまわったのだ」

そう言って、安田は刀を抜き、刀身を峰に返した。峰打ちで、仕留めるつもりだった。男は二、三歩、後退《あとずさ》り、安田との間をとってから、踵を返した。反転して、逃げようとしたのである。だが、男の足はとまったままだった。背後から、源九郎たち三人が、足早に近付いてきたからだ。

「は、挟み撃ちか！」

男が声をつまらせて言った。

「わしらと一緒に来い。言うとおりにすれば、痛い目に遭わずにすむ」

源九郎が男に言った。

男は戸惑うような顔をしたが、安田が刀を鞘《さや》に納めたのを見て、

「俺をどこへ、連れていくつもりだ」

と、源九郎に目をやって訊いた。

「本所相生町にある伝兵衛店だ」

源九郎は、男をはぐれ長屋まで連れていって、話を訊くつもりだった。話によっては、男を逃がしてやってもいいし、しばらく長屋に監禁しておいてもいい。

「……！」

男は驚いたような顔をしたが、ちいさくうなずいた。仲間から話を聞いて、伝兵衛店のことは知っているらしい。おそらく、殺されるようなことはないと思ったのだろう。

源九郎たちは神田川沿いの通りを東にむかい、柳橋を渡って、賑やかな両国広小路に出た。そして、大川にかかる両国橋を渡り、竪川沿いの道を東にむかった。一ツ目橋《ひとつめばし》のたもとを過ぎて、左手の通りに入り、捕らえた男を本所相生町にある伝兵衛店の源九郎の家につれていった。

源九郎の家に、監禁していた弥助と彦次郎はいなかった。源九郎は柳橋に行く前に、菅井と相談して、弥助と彦次郎は逃がしてやったのだ。菅井の部屋で監禁していた安次も、いないはずだ。監禁していても、何の役にもたたないし、長屋の住人と騒ぎでも起こしたらまずいと思ったのだ。

源九郎たちは伝兵衛店に着くと、捕らえた男を連れて源九郎の家に入った。家のなかに、人影はなかった。ひっそりとしている。

「ここに座れ！」

源九郎は、捕らえてきた男を座敷のなかほどに座らせた。

源九郎が男の前に座り、菅井、安田、孫六の三人は男からすこし間をとって、背後に腰を下ろした。

源九郎は男と対座すると、

「ここは、伝兵衛店のわしの家だ。泣こうが喚こうが、気にする者はいない」

と言った後、

「おまえの名は」

と、穏やかな声で訊いた。

「峰吉《みねきち》で……」

男はすぐに名乗った。名を隠す気はなかったらしい。

「峰吉か。……では、訊くが、藤兵衛は美松屋の裏手にある離れで、寝泊まりしているのだな」

源九郎が念を押すように訊いた。

峰吉は、戸惑うような顔をしたが、

「いねえときも、ありやすが、離れにいるときが多いようで」

と、隠さずに話した。

「子分たちは、どうだ」

「何人か、離れに出入りしてやす」

「ふだん、出入りしているのは、何人ほどだ」

「四、五人でさァ」

「多いときは」

源九郎が、畳み掛けるように訊いた。

「仕事のときに、十人ほど連れていくことがありやす」

「仕事というのは、のっとり藤兵衛として、目をつけた店屋や仕舞屋などを乗っ取ったり、ただ同然で買い取ったりすることか」

源九郎は、亀楽のことを念頭に置いて訊いたのだ。

「そうでさァ」

すぐに、峰吉が言った。

源九郎はすこし間をとってから、

「ところで、闇の政五郎と呼ばれている男は」

と、峰吉を見据えて訊いた。まだ、はっきりしないが、藤兵衛の背後で指図している男らしい。

「……！」

峰吉は、すぐに応えなかった。顔から血の気が引き、体が小刻みに震えている。

「政五郎のことは、知らないのか」

源九郎が語気を強くして訊いた。

「し、知ってやす」

峰吉が声をつまらせて言った。

「陰で、藤兵衛や子分たちを動かしているのは、政五郎ではないのか」

「そ、そうで……」

峰吉の声が、震えた。

「政五郎は、影の親分か」

源九郎の顔が厳しくなった。

「……」

峰吉が無言でうなずいた。

「ところで、政五郎の居所は」

源九郎が、声をあらためて訊いた。

「知らねえ。……政五郎親分の居所を知っているのは、藤兵衛親分だけでさァ」

「美松屋には、いないのか」

「いることもありやすが、あっしはあまり姿を見たことがねえんで」

峰吉が、はっきりと言った。

「そうか」

源九郎は虚空に目をやって、いっとき黙っていたが、

「菅井、安田、何かあったら訊いてくれ」

と、ふたりに目をむけて言った。

「政五郎という男は、年配なのか」

菅井が訊いた。

「四十五、六と聞いてやす」

「若くはないな。……それで、女房、子供は」

「聞いてねえ。情婦が、いるかもしれねえ」

「その情婦は、どこにいるのだ」

菅井が間を置かずに訊いた。

「情婦の名も居所も知らねえ」

峰吉が、はっきりと言った。

「そうか。……安田、何かあったら訊いてくれ」

菅井が、安田に目をやった。

「おれが訊きたいのは、おれたち長屋の者たちのことだ。藤兵衛もそうだが、政五郎もおれたちのことを知っていて、始末したいと思っているのではないか」

安田が声高に訊いた。

「そうかもしれねえ」

峰吉が小声で言った。

「迂闊に出歩けないな」

安田がつぶやくような声で言った。

次に口をひらく者がなく、その場が重苦しい沈黙につつまれたとき、

「あっしの知ってることは、みんな話しやした。あっしを帰《けえ》してくだせえ」

峰吉が、その場にいた源九郎たちに目をやった。

「峰吉、死にたければ、帰ってもいいぞ」

源九郎が言った。

「……！」

峰吉は、息を呑んだ。顔から血の気が引いている。この場で、源九郎に殺されると思ったらしい。

「峰吉、おまえがわしらに捕まり、長屋へ連れてこられたことは、すぐに藤兵衛の耳に入るぞ。藤兵衛は黙って見逃すまいな。他の子分たちの手前、峰吉を生かしてはおかないだろう」

源九郎が峰吉に目をやって言った。

「そ、そうかも知れねえ」

峰吉が、声を震わせて言った。

「ほとぼりが冷めるまで、この家に身を隠していてもいいぞ。めしも食わしてやる。……死ぬのが怖くなかったら、いつ帰ってもいい」

源九郎が言った。

峰吉は息を呑んで源九郎を見つめていたが、急に視線を逸らせ、

「お、お願《ねげ》えしやす。旦那たちのことは、忘れねえ」

と、涙声で言った。

「気を使わずに、ここで気楽に過ごせ。いずれ、藤兵衛も闇の政五郎も、亡骸《なきがら》を晒《さら》すときがくる」

源九郎が、虚空を睨むように見据えて言った。

第三章　敵　影

一

「華町、いるか！」

腰高障子のむこうで、菅井の声がした。

「いるぞ」

源九郎が、洗い物をしている手をとめて言った。流し場で、朝飯のときに使った茶碗や皿を洗っていたのだ。妻女のいない源九郎は、飯の仕度も片付けも自分の手でしなければならない。

すぐに腰高障子が開いて、菅井が土間に入ってきた。

菅井は座敷にいる峰吉と流し場にいる源九郎に目をやり、

「朝めしの片付けをしているのか」

と、訊《き》いた。

「そうだ。めしを食った後、すぐに洗っておかないと、丼や皿が綺麗にならないのだ」

源九郎がそう言って、また洗い物を始めた。

「華町、柳橋には行かないのか」

菅井が訊いた。

源九郎たちは柳橋に行き、美松屋の裏手にある離れを探ってみることになっていた。政五郎はともかく、藤兵衛を捕らえるつもりでいた。藤兵衛を捕らえて尋問し、闇の政五郎と呼ばれる影の頭目の居所を摑《つか》んで、捕らえたかったのだ。

「柳橋に行く。安田も、ここに来ることになっている。……菅井、安田が来るのを待って一緒に行こう」

源九郎が言った。

「そうか」

菅井は座敷に上がらず、上がり框に腰を下ろした。

源九郎が流し場から座敷にもどると、戸口に近付いてくる足音がし、腰高障子が開いて安田が顔を出した。

「おお、菅井も一緒か。……待たせたか」

安田が、源九郎と菅井に目をやって訊いた。

「俺は来たばかりだ」

菅井はそう言って、腰を上げた。

「孫六は、どうした」

安田が訊いた。孫六も一緒に柳橋に行くことになっていたのだ。

「わしが、孫六の家を覗いてみる」

源九郎がそう言い、先に外へ出た。菅井と安田が後につづいた。峰吉は座敷にいなかった。遠方の峰吉の親戚に逃がしてある。

源九郎たちが孫六の家の方に目をやると、孫六の姿が見えた。慌てた様子で、走ってくる。

孫六は源九郎たちのそばに来ると、

「す、済まねえ。遅れちまった」

と、肩で息をしながら言った。

「出掛けるか」

源九郎が、男たち三人に目をやって言った。

陽はだいぶ高くなっていた。四ツ（午前十時）ちかいのではあるまいか。

源九郎たちは長屋の路地木戸から出ると、長屋の前の道を南にむかい、竪川沿いの通りに出た。そして、西にむかい、大川にかかる両国橋を渡り、大勢の人が行き来する賑やかな両国広小路を経て柳橋に入った。源九郎たちは何度か通った道なので、様子は分かっていた。

柳橋に入ってから、神田川沿いの道を西にむかっていっとき歩くと、前方に美松屋が見えてきた。

源九郎たちは路傍に身を寄せて、あらためて美松屋に目をやった。

「変わりないな」

源九郎が言った。

店の戸口に、暖簾が出ていた。二階の座敷から、客たちの談笑の声や女の話し声などが聞こえる。大勢ではないようだが、客が入っているらしい。

「どうする」

安田が源九郎に訊いた。

「裏手にある離れの様子を知りたいが、踏み込むわけにはいかないな」

源九郎が言った。

「すこし、様子を見るか」

源九郎たちは、以前身を隠して美松屋を見張った八百屋の脇に身を寄せ、美松屋に目をやった。

それから、半刻（一時間）ほど経ったろうか。美松屋の脇の小径《こみち》に目をやっていた孫六が、身を乗り出し、

「子分らしいのが、出てきやす！」

と、昂《たかぶ》った声で言った。

美松屋の脇の小径から遊び人ふうの男がひとり姿をあらわし、表の通りに出てきた。男は表通りを浅草橋の方へむかって歩いていく。

「あの男を捕らえよう」

源九郎が言った。

「あっしが、やつの前に出やす」

そう言い残し、孫六が走りだした。

「わしらもいくぞ」

源九郎が言い、小走りに孫六の後を追った。菅井と安田が、後につづいた。

だ。

孫六は浅草橋の近くまで行って、遊び人ふうの男に追いつき、前にまわり込んだ。

男はいきなり前にまわり込んできた孫六を見て、驚いたような顔をして足をとめた。そして、孫六を見据え、

「俺に何か用かい」

と、威嚇するように訊いた。

「おめえに用があるのは、俺だけじゃァねえ。後ろからくる三人も、おめえに用があるのよ」

孫六が薄笑いを浮かべて言った。

「なに、後ろだと！」

男が振り返った。すぐ近くに、源九郎、菅井、安田の三人が迫っていた。

「て、てめえたちは、伝兵衛店のやつらか」

男が声高に言った。どうやら、伝兵衛店を知っているようだ。

二

源九郎たち三人は、小走りになった。遊び人ふうの男が、逃げ出しそうな素振

りを見せたからだ。

男は反転して走りだした。ひとりで立っている孫六なら、突破して逃げられるとみたようだ。

「逃がさねえよ」

孫六は、後ろ帯に挟んでおいた古い十手を取り出した。念のため、岡っ引きだったころに使った十手を持ってきたのだ。

男は孫六が十手を手にしたのを見ると、驚いたような顔をしたが、懐に手をつっ込んで、匕首を取り出した。何としてもその場から、逃げるつもりらしい。

孫六は、手にした十手を前に突き出すようにして身構えた。

男は孫六に迫ると、「殺してやる！」と叫びざま、手にした匕首を袈裟に払った。匕首の切っ先が、孫六が手にした十手の先をかすめて空を切った。

「何をしやがる！」

孫六は慌てて身を引いた。男が死に物狂いにむかってきたので、下手をすると殺されると思ったようだ。

「そこをどけ！」

男は怒鳴り声を上げ、匕首を手にしたまま、さらに孫六に迫った。

そこへ、源九郎たち三人のなかでは足の速い安田が、男の背後に近付き、

「俺が相手だ！」

と、声を上げ、峰に返した刀身を袈裟に払った。素早い動きである。

峰打ちが、男の右肩を強打した。

男は手にした匕首を取り落とし、呻き声を上げてよろめいた。そして、足がとまると、孫六の脇を擦り抜けて逃げようとした。

「逃がさねえよ」

孫六はすばやく男の前にまわりこみ、十手を男にむけた。

男は足をとめ、辺りに目をやった。孫六に前を塞がれ、逃げ道を探したのである。そこへ、背後から安田が近寄り、

「首を落とすぞ！」

と、言って、刀の切っ先を男の首にむけた。

男はその場から動けなかった。目をつり上げ、蒼褪《あおざ》めた顔で身を震わせている。

「孫六、この男を縛ってくれ」

安田が声をかけた。

孫六は、すぐに腰にぶら下げていた捕り縄を手にし、男の両腕を後ろにとって縛った。岡っ引きの経験があるだけあって、なかなか手際がいい。

「どうしやす」

孫六が、源九郎たちに顔をむけて訊いた。

「こいつから、話を訊こう」

そう言って、源九郎は通りの先に目をやった。

一町ほど先に、表戸を閉めた店屋があった。居酒屋だったのであろうか。出入り口の脇の掛看板に、「酒　肴」と書いてあった。

「あの店の脇に、連れて行こう」

源九郎が指差して言った。

源九郎たち三人は、居酒屋だった店の脇に捕らえた男を連れ込んだ。その場なら、通りを行き来する人の目にもとまらないはずだ。

源九郎は捕らえた男の前に立ち、「おまえの名は」と、訊いた。孫六、菅井、安田の三人は、捕らえた男を取り囲むように立っている。

男は戸惑うような顔をして黙っていたが、

「平次郎《へいじろう》でさァ」

と、小声で名乗った。

「平次郎、美松屋の裏手にある離れに藤兵衛はいるのか」

源九郎は核心から訊いた。

平次郎は戸惑うような顔をして黙っていたが、

「いやす」

と、小声で言った。下手に隠すと、源九郎たちにこの場で殺されると思ったのかもしれない。

「そうか」

源九郎はいっとき間をとった後、

「政五郎も、いるのか」

と、平次郎を見据えて訊いた。源九郎の双眸《そうぼう》が切っ先のように光っている。闇の政五郎と呼ばれる影の頭目の居所が、まだつかめないのだ。

「し、知らねえ」

平次郎が声をつまらせて言った。

「知らないだと！　この期《ご》に及んで、隠す気か」

源九郎の声が、大きくなった。

「隠すつもりはねえ。政五郎親分が、離れにいるかどうか知らねえんだ。政五郎親分は離れにいても、あっしらには入《へえ》れねえ奥の部屋にいて姿を見せねえし、話をするのは、藤兵衛親分か女将のおとせさんぐれえしかいねえ」

平次郎が、はっきりと言った。

「そうか」

源九郎は、平次郎がごまかしているとは思わなかった。

「何かあったら、訊いてくれ」

源九郎はそう言って、平次郎の前から身を引いた。

すると、菅井が平次郎の前に立ち、

「政五郎だが、美松屋の裏手にある離れの他に身を隠すような隠れ家はあるのか」

と、めずらしく語気を強くして訊いた。

平次郎はいっとき虚空に目をやり、記憶をたどるような顔をしていたが、

「美松屋の離れの他は、知らねえ」

と、つぶやくような声で言った。

「政五郎は、いつも美松屋にいるわけではあるまい」

さらに、菅井が訊いた。

「美松屋に、いねえときもありやす」

「政五郎には、美松屋の他に行き場があるのか」

「くわしいことは知らねえが、藤兵衛親分が乗っ取った店や仕舞屋で、気に入ったのがあると、手を入れて、住処《すみか》にするようでさァ」

平次郎が、小声で言った。

「亀楽だが、店はともかく、場所が気に入ったのかも知れないな。それで、無理をしても亀楽を乗っ取ろうとしたのではないか」

菅井が言うと、そばにいた源九郎たちがうなずいた。菅井と同じことを思ったようだ。

三

源九郎たちが平次郎から一通り話を聞くと、

「今日のところは、長屋に帰るか」

菅井が、その場にいた男たちに目をやって言った。

「そうだな。近いうちに藤兵衛を捕らえて話を聞き、政五郎も押さえたいな。政五郎をこのままにしておいたのでは、始末がつかないからな」

源九郎が言うと、菅井、安田、孫六の三人がうなずいた。

源九郎たち四人は捕らえた平次郎を連れて、神田川沿いの道を柳橋の方にむかった。伝兵衛店に帰るのだ。

源九郎たちが、美松屋から半町ほど離れたときだった。美松屋の脇の小径から、男がひとり姿を見せた。

男は藤兵衛の子分のひとりだった。名は庄助《しょうすけ》。庄助は美松屋の裏手の離れにいたのだが、近くにある一膳めし屋にでも行って昼めしを食ってこようと思い、ひとりで表通りに出てきたのだ。

庄助が表通りの左右に目をやったとき、通りの先にいる源九郎たちの一行が目にとまった。

……一緒にいるのは、平次郎だ！

庄助は、胸の内で声をあげた。平次郎を連れていくのは、伝兵衛店のやつらではないか、と庄助はみた。

庄助は迷った。すぐに離れに駆けもどって、離れにいる藤兵衛親分に話そうと思ったが、そうすると、平次郎を連れていく男たちの行き先が分からなくなる。

庄助は、伝兵衛店のやつらの跡を尾《つ》けようと思った。行き先が分かれば、平次郎を助け出すことができるし、伝兵衛店のやつらを討ち取ることもできるだろう。

一方、源九郎たちは、庄助の動きにまったく気付かなかった。神田川にかかる柳橋を渡り、賑やかな両国広小路に出ると、両国橋に足をむけた。

源九郎たちは行き交う人に不審の目をむけられないように、捕らえた平次郎を取り囲むようにして歩いていく。

源九郎たちは両国広小路の雑踏《ざっとう》のなかを歩き、大川にかかる両国橋を渡って元《もと》町《まち》に入った。そして、竪川沿いの通りに出ると、東方にむかった。源九郎たちは、相生町一丁目に入ってから北方に通じている道に足をむけた。その道の先に、伝兵衛店はある。

源九郎たちが長屋の路地木戸を通り過ぎたとき、

「あっしは、どうなるんで」

と、平次郎が心細そうな顔をして訊いた。

「しばらく様子を見てから、逃がしてやる。……美松屋にもどれなかったら、長屋で暮らしてもいいぞ」

源九郎は、ほとぼりが冷めたころ、平次郎を逃がしてやるつもりだった。菅井たちも反対しないだろう。

「菅井たちも、ひとまずわしの部屋で休んでくれ。腹が減ったが、めしはないのでな。湯を沸して、茶でも飲もう」

源九郎が、菅井たちに声をかけた。

菅井、安田、孫六の三人が、苦笑いを浮かべてうなずいた。三人とも、心配して帰りを待っている家族は、いないのだ。孫六は娘夫婦と暮らしているが、大事にされているとは言いがたい。

源九郎たちは家に入って、座敷に腰を落ち着けた。源九郎は土間に下り、「湯を沸す」と言って、台所の竈《かまど》に火を点けた。火鉢に火はないし、面倒だが竈で湯を沸すしかないのだ。

座敷には、菅井、安田、孫六、それに同行した平次郎もいた。平次郎は、座敷の隅で肩をすぼめている。

陽は西の空にまわりかけていたが、まだ、八ツ（午後二時）ごろであろう。夕飯の仕度をするのもすこし早い。それに、夕飯はそれぞれの家にもどってから食べることになるだろう。
このとき、源九郎の住む部屋の腰高障子に身を寄せて、なかの様子を窺《うかが》ってい
る者がいた。源九郎たちの跡を尾けてきた庄助である。
庄助は、いっとき腰高障子の向こうから聞こえてくる源九郎たちのやりとりを
耳にしていたが、
……今夜は、この家に泊まるようだ。
と、つぶやき、その場を離れた。そして、長屋の路地木戸から出ると、来た道
を足早に引き返した。美松屋の離れにいる藤兵衛や仲間たちに知らせようと思っ
たのだ。
源九郎たちは、庄助にまったく気付かなかった。
湯が沸くと、源九郎は急須に注いで茶を淹《い》れた。座敷にいた男たちは、すぐに
湯飲みを手にして茶を飲んだ。喉《のど》が乾いていたし、腹も空いていたので旨《うま》かっ
た。
「平次郎も、どうだ」
そう言って、源九郎が平次郎の膝先に茶を注いだ湯飲みを置いた。

「いただきやす」

平次郎は湯飲みを手にすると、すぐに茶を飲み始めた。旨そうに、目を細めて飲んでいる。喉が乾いていたらしい。

源九郎たちは、いっとき茶を飲みながら過ごした。

男たちの会話がとぎれたとき、

「明日は、どうする」

と、源九郎が男たちに目をやって訊いた。

つづいて、口を開く者がいなかったが、すこし間を置いて、

「まず、藤兵衛を捕らえねばな」

と、菅井が言った。

「そうだな。藤兵衛が口を割れば、子分たちの動きも分かるし、政五郎の居所もはっきりするな」

源九郎が言うと、その場にいた男たちがうなずいた。

四

その日、源九郎たちは陽が沈み、座敷が暗くなるまで源九郎の家にいた。歩き

まわって疲れていたこともあったが、久し振りに仲間たちと話すことで、気が軽くなったような気がしたのだ。

長屋はひっそりとしていた。女、子供はむろんのこと、仕事で長屋から離れていた男たちもそれぞれの家に帰り、夕飯を食べた後、家族とくつろいでいる頃である。

「さて、そろそろ家に帰るか」

そう言って、菅井が腰を上げたときだった。

戸口に近寄ってくる足音がした。ひとりではない。何人もいるようだ。

「おい、誰か来たようだぞ」

菅井が振り返って言った。

「大勢、いるな」

源九郎は、長屋の住人ではないようだ、と思い、立ち上がって、座敷に置いてあった刀を引き寄せた。

これを見た菅井と安田も、自分の刀を手にして腰を上げた。そして、聞き耳をたてて外の様子をうかがった。

孫六と平次郎のふたりは座敷の隅に身を寄せ、強張《こわば》った顔で戸口の腰高障子に目をむけている。

足音は戸口でとまった。腰高障子の向こうで、「ここだ!」「何人もいるようだ」「ひとりも逃がすな」などという男たちの声が聞こえた。

戸口の外のやり取りを耳にした源九郎が、

「藤兵衛の子分たちらしい。長屋のみんなが、外に出て来られない今ごろを狙ったにちがいない」

と、その場にいる菅井たちだけに聞こえる声で言った。

「どうする」

菅井が訊いた。いつもとちがって、菅井の顔が強張っている。下手をすると、部屋にいる男たちが皆殺しに遭うと思ったのかもしれない。

「戸口に出よう。踏み込まれたら、逃げられなくなる。それに、同士討ちということもある」

源九郎が言うと、菅井と安田がうなずいた。

「孫六、平次郎、ふたりは部屋に残れ。いいか、踏み込んでくるやつがいたら、近付かずに、部屋の隅にでも逃げるんだ」

源九郎は、外にいる者に聞こえないように声をひそめて言った。

孫六と平次郎は、無言でうなずいた。ふたりとも、体を震わせている。

源九郎は刀を抜くと、菅井と安田に目をやり、

「戸口で迎え撃つ！」

と言って、腰高障子を開けた。そして、抜き身を手にして外へ出た。

安田は源九郎と同様、抜き身を手にしたが、居合を遣う菅井は腰の刀の柄に右手を添えただけである。

「出てきたぞ！」

「三人だ！　刀を手にしている」

戸口に集まっていた男たちから、声があがった。暗がりではっきりしなかったが、七、八人いるのではあるまいか。すでに、抜き身を手にしている者もいて、刀身が夜陰《やいん》のなかで青白く浮き上がったように見えた。

源九郎、安田、菅井の三人は、腰高障子を背にして立った。刀を存分にふるえるように、間をとっている。

源九郎は、さらに戸口の脇に身を寄せた。そこへ、大柄な男と肌の浅黒い男が近寄り、大柄な男が対峙《たいじ》した。浅黒い男は源九郎の左手にまわり込んだが、腰高障子があるので、すこし身を引いている。

「藤兵衛の手の者か！」

源九郎が訊いた。

「問答無用！」

大柄な男は青眼に構え、切っ先を源九郎にむけた。その切っ先が、かすかに震えている。気が昂っているせいである。

左手にまわり込んだ男も青眼に構えたが、源九郎から間合を広くとっている。腰高障子が邪魔になって、近寄れないのだ。

ふたりの男は、青眼に構えたが間合をつめてこなかった。戸口には源九郎だけでなく、安田と菅井も立っていたので、迂闊に間合をつめられないのだ。

「どうした、離れていては、刀がとどかないぞ」

源九郎が揶揄《やゆ》するように言った。

すると、大柄な男が、

「殺してやる！」

と、叫び、一歩踏み込んだ。そして、青眼に構えた長脇差を上段に構えなおそうとした。その一瞬の隙を源九郎がとらえ、
タアッ！　と鋭い気合を発しざま、斬り込んだ。

一歩踏み込んで、袈裟へ――。

夜陰のなかで刀身が青白くきらめいた次の瞬間、切っ先が大柄な男の左腕をとらえた。バサッ、という音とともに、大柄な男の左袖が裂け、左の前腕から血が流れ出た。源九郎の切っ先が男の左腕を斬ったのである。

大柄な男は呻き声を上げて後ずさり、源九郎との間合が開くと、慌てて身を引いた。源九郎の二の太刀を恐れて、その場から逃げたといってもいい。

源九郎の左手にまわり込んでいた男は、大柄な男が源九郎に斬られたのを見て、慌ててその場から身を引こうとした。

「逃がさぬ！」

源九郎は声を上げ、一歩踏み込んで、刀を袈裟に払った。一瞬の太刀捌きである。

切っ先が、逃げようとしていた男の右袖を切り裂いた。男は二の腕を斬られ、手にした長脇差を取り落とし、後ろへよろめいた。

すかさず、源九郎は踏み込み、

「動けば、喉を突き刺す！」

と言って、切っ先を男の喉元にむけた。

男は目を剝き、体を震わせてその場につっ立った。

この間に大柄な男は身を引き、源九郎との間合が開くと、反転して走りだした。逃げたのである。

これを見て、源九郎に刀をむけられていた男や安田と菅井に切っ先をむけていた他の男たちも慌てて身を引き、相手との間合が開くと、反転して走りだした。逃げる男の後を追っていく。

源九郎たちは、逃げる男たちを追わなかった。闇の中に吸い込まれるように、男たちの姿が見えなくなったこともあったが、暗がりで待ち伏せされると、思わぬ不覚をとることがあるからだ。

五

安田と菅井も無傷だった。ふたりとも腕が立ち、ならず者たちに後れをとるようなことはないのだ。

「あやつら、藤兵衛の子分たちだな」

安田が言った。

「柳橋から俺たちの跡を尾けてきたのかもしれん」

源九郎が言うと、安田と菅井がうなずいた。

「それにしても、厄介だな。これからも長屋に来て、俺たちに手を出すことがあるかもしれん」

菅井が言った。

「いずれにしろ、柳橋に身をひそめている藤兵衛と政五郎を何とかしないと、始末はつかない」

源九郎が言うと、安田と菅井がうなずいた。

源九郎たち三人は、腰高障子を開けて家に入った。

家のなかにいた孫六と平次郎は、源九郎たちが家のなかに入ってくると、ほっとしたような顔をした。源九郎たちのことを心配していたのだろう。平次郎は源九郎たちと一緒にいるうち、仲間のような態度をとるようになった。源九郎たちに親しさを感じるようになったようだ。

「どうしやした、藤兵衛の子分たちは」

孫六が身を乗り出して訊いた。

「何とか追い払ったよ」

源九郎が言うと、

「さすが、華町の旦那たちだ。強《つえ》えや」

孫六が声を上げた。

そばにいた平次郎も、驚いたような顔をして源九郎たちを見ている。

源九郎、菅井、安田の三人は、座敷に上がって腰を下ろした。

「これで、藤兵衛の子分たちも、おれたちに恐れをなして長屋には近付かなくなりやす」

孫六が、源九郎たちに目をやって言った。

「そんなことはない。藤兵衛や政五郎は、長屋から手は引かぬ。次は人数を増やすか、わしらの寝込みを襲うか……。いずれにしろ、このままでは、迂闊に長屋を出ることもできないぞ」

源九郎が言うと、菅井と安田がうなずいた。

次に口を開く者がなく、座敷が重苦しい沈黙につつまれたとき、

「藤兵衛と政五郎を何とかしないと、始末はつかぬ。明日も、柳橋に行く。機会をみて、藤兵衛と政五郎を討ち取るのだ」

源九郎が、語気を強くして言った。顔がいつになく険しかった。

その場にいた菅井と安田が、うなずいた。ふたりとも、柳橋に行く気になって

いるようだ。

「あっしも、行きやす」

孫六が小声で言った。

翌朝、源九郎はいつもより早く起きた。そして、自分で飯を炊き、部屋に残った平次郎とふたりで、朝飯を食った。

源九郎は飯を食い終えると、平次郎に手伝わせて食器を片付け始めた。そのとき、戸口に近付いてくる足音が聞こえた。

腰高障子が開いて、菅井と孫六が姿を見せた。

「華町の旦那、朝めしは食ったんですかい」

孫六が、薄笑いを浮かべて訊いた。

「食べ終えて、片付けているところだ」

源九郎が言った。

一方、菅井は土間から座敷や流し場に目をやり、

「安田は、まだのようだ」

と言って、上がり框に腰を下ろした。その場で、安田が来るのを待つつもりら

しい。

孫六は菅井の脇に立っている。

菅井たちが来て、小半刻（三十分）も経ったろうか。腰高障子が開いて、安田が姿を見せた。

安田は土間に入って来ると、菅井と孫六に目をやり、

「出掛けるか」

と、声をかけた。

「出掛けよう」

源九郎が言った。身支度を終えていたので、すぐに土間へ下りた。菅井も腰を上げ、源九郎につづいて戸口から出た。

源九郎、安田、菅井、孫六の四人は長屋を出ると、竪川沿いの道にむかった。これから、賑やかな両国広小路を経て、柳橋へ行くのである。このところ、源九郎たちは何度も行き来したので、その道筋は分かっていた。

源九郎たちは神田川にかかる柳橋を渡り、柳橋と呼ばれる地に入った。そして、神田川沿いの道を西にむかってしばらく歩くと、美松屋が見えてきた。店をひらいているらしく、店の入口に暖簾が出ている。

源九郎たちは美松屋に近付かず、道沿いにあった八百屋の脇に身を隠した。そこは、以前、美松屋を見張った場所である。

「店に変わった様子はないな」

菅井が、美松屋に目をやって言った。

「裏手の離れに藤兵衛や政五郎がいるかどうか、つかみたい」

源九郎が言った。

「離れに、踏み込みやすか」

孫六は意気込んでいる。

「駄目だ。子分たちが何人もいると、返り討ちにあうぞ」

源九郎が語気を強くして言った。

「しばらく様子を見るか」

菅井が言うと、その場にいた男たちがうなずいた。

源九郎たちは八百屋の脇にとどまり、美松屋と店の脇の小径に目をやっていた。小径は裏手の離れに通じているのだ。

六

「出て来ねえなァ」

孫六が、生欠伸《なまあくび》を噛み殺して言った。

源九郎たちが八百屋の脇に身を隠して、半刻（一時間）ほど経ったが、美松屋の裏手にある離れから誰も出てこなかった。

「焦るな。そのうち出てくる」

源九郎が、菅井や安田にも聞こえる声で言った。

それから、さらに小半刻（三十分）も経ったろうか。美松屋の脇に目をやっていた安田が、

「出てきた！」

と、身を乗り出して言った。

美松屋の脇の小径から遊び人ふうの男がひとり、通りに出てきた。男は通りの左右に目をやった後、浅草橋の方へむかった。

「あっしが、あの男に離れの様子を訊いてきやす」

孫六がそう言い残し、八百屋の脇から通りに出た。そして、小走りに男の後を

追っていった。

孫六はこうしたことには慣れていた。うまく聞き出すだろう。

孫六は男に近付くと、何やら声をかけ、男と肩を並べて歩きだした。ふたりは話しながら一町ほども歩いたが、やがて孫六だけが、足をとめた。遊び人ふうの男は、そのまま浅草橋の方へ歩いていく。

孫六は小走りに、源九郎たちのいる場にもどってきた。

「どうだ、藤兵衛と政五郎のことで何か知れたか」

すぐに、源九郎が訊いた。

「ふ、ふたりとも、離れにはいねえようだが、藤兵衛のいそうな店が分かりやした」

孫六が、息を弾《はず》ませて言った。小走りに、もどってきたせいらしい。

「その店は、どこにある」

「茅町二丁目にある鈴屋《すずや》ってえ小料理屋だそうで」

「鈴屋か、洒落た名だな」

菅井が脇から口を挟んだ。

「これから、鈴屋に行ってみるか」

源九郎が、男たちに目をやって言った。

「このまま、長屋に帰る気にはなれぬ。ここまで来たのだ。茅町二丁目まで、足を延ばそう」

菅井が言うと、その場にいた男たちがうなずいた。

源九郎たち四人は、八百屋の脇から通りに出て西にむかい、浅草橋のたもとに出た。そこは日光街道で、行き交う人が多く、旅姿の者も目についた。

源九郎たちは日光街道に出ると、北に足をむけた。街道沿いに広がっている町が、茅町だった。茅町一丁目から二丁目とつづいている。

源九郎たちは茅町二丁目まで来ると、路傍に足をとめた。

「鈴屋という小料理屋だったな」

源九郎が、念を押すように孫六に訊いた。

「そうでさァ」

「街道沿いには、小料理屋らしい店は見当たらないが……」

源九郎が、道沿いにある店に目をやっている。

飲み食いできる店は、旅人相手の料理屋や蕎麦屋などが目についたが、小料理屋は見当たらなかった。街道から別の通りに入れば、そうした店もあるのだろう。

　安田が街道沿いに目をやり、

「そこの一膳めし屋の脇にある道に、入ってみるか」

と、一膳めし屋を指差して言った。見ると、店の脇に細い道がある。

「そうだな。入ってみよう」

　源九郎が、その場にいた孫六と菅井に目をやると、ふたりは顔を見合わせて頷いた。

　源九郎たちは、一膳めし屋の脇にあった道に入った。

　道沿いには仕舞屋が多かったが、地元の住人相手の一膳めし屋や飲み屋なども目についた。行き交う人も、地元の住人が多いようだ。

「小料理屋はないな」

　安田が言った。

「俺が、そこの下駄屋で、鈴屋がどこにあるか訊いてくる」

　そう言って、菅井が道沿いにあった下駄屋に足をむけた。

　見ると、店の親爺《おやじ》らしい男が、店先の台に並べられた赤や紫などの鼻緒をつけた下駄を手にして並べ替えている。

菅井は下駄屋の親爺に声をかけ、何やら話していたが、いっときすると店先から離れ、源九郎たちのそばにもどってきた。

「鈴屋は知れたか」

すぐに、源九郎が訊いた。

「知れた。この道を一町ほど行くと、小料理屋があり、その店が鈴屋だそうだ」

菅井が、近くにいる安田や孫六にも聞こえる声で言った。

「行ってみよう」

そう言って、源九郎が先にたった。

一町ほど歩くと、源九郎が路傍に足をとめ、

「そこにある八百屋の先の店だな」

と、道沿いにあった八百屋を指差して言った。

八百屋の先に、小料理屋らしい店があった。入口の格子戸の脇に、「酒　御料理　鈴屋」と書いた掛看板が出ている。

「鈴屋だ」

孫六が掛看板を見つめて言った。

「藤兵衛は来てるかな」

源九郎が言った。

「鈴屋に入《へえ》って、訊くわけにはいかねえし……。どうしやす」

孫六が、源九郎、菅井、安田の三人に目をやって訊いた。

「客が出てくれれば、いいんだが……」

源九郎は、鈴屋に目をやっている。

「店に近付いてみるか。客がいるかどうか分かるだろう。それに、藤兵衛のことも何か分かるかもしれん」

菅井が男たちに目をやって言った。

七

源九郎たち四人は通行人を装い、すこし間を取って歩き、鈴屋の店先にむかった。先頭は、菅井だった。その後に、孫六、源九郎、安田の順につづいた。

菅井は鈴屋の店先ですこし歩調を緩めたが、足をとめずにそのまま通り過ぎた。孫六と源九郎も足をとめなかったが、安田だけが足をとめた。そして、鈴屋の店内に耳をかたむけているようだったが、いっときすると歩き出し、源九郎たちが待っているところまで来た。

「安田、何か知れたか」

菅井が訊いた。

「鈴屋のなかから、話し声が聞こえたのだ。それで、店に近付いてみた」

「藤兵衛はいたか」

源九郎が、身を乗り出して訊いた。

「藤兵衛かどうか分からないが、店から女の声で、おまえさん、と呼ぶ声が聞こえたのだ」

安田が言った。

「店に、藤兵衛はいたのかもしれん」

源九郎の声が、大きくなった。

「おまえさん、と呼んだ女が店の女将なら、藤兵衛がいたとみていいが……」

安田が語尾を濁した。

「そうだな」

源九郎がうなずいた。

次に口をひらく者がなく、その場が沈黙につつまれたとき、

「あっしが、店を覗いてきやしょうか」

と、孫六が身を乗り出して言った。

「まァ、待て。……そう慌てることはない。道沿いに身を隠して、しばらく様子を見よう。店から藤兵衛が出てくるかもしれんし、出てきた客から、店の中の様子は聞ける」

源九郎が、男たちに目をやって言った。

源九郎たちが身を隠す場所を探して辺りに目をやると、鈴屋の斜向かいにある瀬戸物屋《せともの》が目にとまった。店先の台に、茶碗、皿、丼などが並んでいる。

源九郎たちは瀬戸物屋の脇にあった物置のような小屋の陰に身を隠して、鈴屋に目をやった。

それから、小半刻（三十分）ほど経ったろうか。鈴屋の表の格子戸が開いて、職人ふうの男がふたり出てきた。客らしい。ふたりにつづいて、年増が姿を見せた。店の女将のようだ。女将は、馴染《なじ》みの客を見送るために、店から出てきたのだろう。

ふたりの男は、女将と何やら言葉をかわした後、店先から離れた。女将は、ふたりの男が遠ざかると、踵《きびす》を返して店にもどった。

「あっしが、ふたりに訊いてきやす」

孫六はそう言い残し、ふたりの男の後を追った。

源九郎たちは、孫六の後ろ姿に目をやっていた。こうしたことは、孫六にまかせることが多かったので、源九郎たちは何も言わなかった。孫六が戻るのを待っている。

孫六はふたりの男となにやら話しながら歩いていたが、いっときすると足をとめ、小走りに源九郎たちのいる場にもどってきた。

「どうだ。鈴屋に、藤兵衛はいたか」

源九郎が核心から訊いた。

「い、いたらしいが、今はいねえ」

孫六が肩で息をしながら言った。

「どういうことだ」

源九郎が訊いた。

「あっしが訊いた男の話だと、藤兵衛は鈴屋の背戸から出入りしているそうでさァ」

孫六が言った。

「すると、藤兵衛は店の裏手から出ていったのか」

源九郎が訊いた。

「そうらしい」

孫六がそう言ったとき、

「せっかくここまで来たのに、無駄足だったか」

と、菅井が渋い顔をして言った。

「まァ、こんなこともあるさ。それに、無駄骨だったわけではないぞ。藤兵衛は女将の情夫で、鈴屋にも出入りしていることが、知れたのだ」

源九郎が言うと、

「美松屋にいないときは、鈴屋に足を延ばせば、藤兵衛を押さえられるわけか」

と、安田が言い添えた。

「いつも、鈴屋に来ているわけではないだろうが、鈴屋にいることが多いとみていいだろうな」

さらに、源九郎が言った。

「どうする」

菅井が訊いた。

「念のため、近所で聞き込んでみるか」

源九郎が、男たちに目をやって言った。

源九郎たちはその場で別れ、鈴屋の近くで聞き込みにあたった。鈴屋のことだけでなく、他に藤兵衛が贔屓《ひいき》にしている店が近くにあるかどうか探ったのだが、これといった収穫はなかった。

「今日のところは、引き上げるか」

源九郎が男たちに目をやって言った。


その日、源九郎たちは、暗くなってから伝兵衛店にもどった。

安田は家に帰ったが、孫六と菅井は源九郎の家にたち寄った。源九郎が茶でも飲んでいけ、とふたりに声をかけたからである。

家には、平次郎だけがいた。源九郎は平次郎に逃げる気があるなら、逃げてもかまわないと思い、勝手に家を出入りできるようにして長屋を出たのだが、平次郎は逃げなかったようだ。

「平次郎、湯は沸いているか」

と、源九郎が訊いた。

「沸いてやす。茶を淹れやしょうか」

「頼む」

源九郎が言って、座敷に上がった。菅井と孫六も、座敷に上がって腰を下ろした。

源九郎たちがいっとき待つと、平次郎が、三人に出す茶の入った湯飲みを盆にのせて座敷にもどった。

どうやら、平次郎は逃げ出すどころか、源九郎の仲間のようなつもりで、長屋で過ごしていたらしい。

源九郎は、いっとき茶を飲んだ後、

「留守の間に、何かあったか」

と、平次郎に訊いた。

「気になることを目にしたんでさァ」

平次郎が、眉を寄せて言った。

「何だ、気になることとは」

源九郎が、湯飲みを手にしたまま訊いた。

「遊び人ふうの男がふたり、長屋の路地木戸近くで、長屋の女房連中に声をかけて、話を訊いてたんでさァ」

「そのふたり、藤兵衛の手の者か！」

源九郎の声が、大きくなった。

「あっしは、そうみやした」

「どんなことを訊いたか、知れたのか」

源九郎が、平次郎に目をやって訊いた。

「あっしも気になりやしてね。声をかけられた女房たちから、訊いてみたんでさア。女房たちの話だと、ふたりの男は旦那たちのことを訊いてたようですぜ」

平次郎が言った。

「また、長屋を襲う気か！」

菅井が、いつになく険しい顔をした。

「いや、違う。わしらの動きを探っていたのだ。……美松屋の近くに潜んでいたわしらの姿を目にした子分がいたのではないか」

源九郎がそう言うと、
黙って聞いていた孫六が、

「あっしも、子分たちが長屋に踏み込んでくるとは、思わねえ。長屋に踏み込んでくるのは懲《こ》りているはずだし、あっしらの家も知っているはずだ。改めて、あっしらのことを探ったりしねえ」

と、目をつり上げて言った。

「いずれにしろ、迂闊に美松屋や鈴屋を探れないということだな」

源九郎が、虚空を睨むように見据えて言った。

第四章　隠れ家

一

源九郎が長屋の家で出掛ける仕度をしていると、戸口に近付いてくる足音がした。ふたりらしい。

足音は戸口でとまり、

「華町の旦那、いやすか」

と、孫六の声がした。

「いるぞ。入ってくれ」

源九郎は声をかけ、急いで袴《はかま》の紐《ひも》を結んだ。

座敷には、源九郎の他に平次郎の姿もあった。まだ、平次郎は源九郎の家で寝泊まりしていたのだ。藤兵衛や政五郎たちの始末がつかないと、平次郎も源九郎の家を離れる気になれないのかもしれない。

源九郎も、平次郎が家にいると都合が良かった。茶を淹れてくれたり、時には飯を炊いてくれることもあったのだ。

戸口の腰高障子が開いて、孫六が土間に入ってきた。

「菅井の旦那たちは、まだですかい」

孫六が、座敷に目をやって訊《き》いた。源九郎、菅井、安田、孫六の四人で、茅町二丁目に行くことになっていた。小料理屋の鈴屋を探り、藤兵衛がいれば、捕らえるなり討つなりするつもりだった。

「まだだ。すぐ来るだろう」

源九郎が言った。

源九郎たち四人は、五ツ（午前八時）ごろ長屋を出ることになっていた。陽が出てからだいぶ経っているので、五ツは過ぎているだろう。

「ここで、待たせてもらいやす」

そう言って、孫六が上がり框に腰を下ろした。

孫六が腰を下ろして間もなく、戸口に近付いてくる足音がし、菅井と安田が姿を見せた。

「四人、揃ったな。出掛けるか」

源九郎は、傍らに置いてあった大刀を手にして立ち上がった。

源九郎、孫六、菅井、安田の四人は戸口から出ると、長屋の前の道を竪川の方にむかった。

源九郎たちは竪川沿いの通りから大川にかかる両国橋を渡り、柳橋にむかった。このところ、何度も行き来した道なので、道程《みちのり》も通りの人出も分かっていた。

源九郎たちは柳橋に入ると、神田川沿いの道を西にむかった。そして、道沿いにある美松屋の近くまで来ると、路傍に足をとめた。

「変わりないな」

源九郎が言った。

まだ昼前だったが、美松屋の入口に暖簾が出ていた。店は開いているらしい。

ただ、客はいないのか、ひっそりとしていた。

「どうしやす」

孫六が訊いた。

「このまま通り過ぎる。今日は美松屋ではなく、鈴屋を探るつもりだからな」

源九郎が、その場にいた男たちに目をやって言った。

源九郎たち四人は美松屋の前で歩調を緩めたが、足をとめることもなく、通り過ぎた。そして、日光街道にむかった。鈴屋は、街道沿いに広がっている茅町二丁目にある。

源九郎たちは日光街道に出て、茅町二丁目まで来た。そして、見覚えのある一膳めし屋の脇にある道に入った。

いっとき歩くと、道沿いにある小料理屋が見えてきた。鈴屋である。店は開いているらしく、店先に暖簾が出ていた。

「近付いてみよう」

源九郎が言い、四人は通行人を装って鈴屋に近付いた。

店の前まで行くと、かすかに嬌声や男の濁声《だみごえ》などが聞こえた。女の声の主は、女将かもしれない。客らしい男の濁声が聞こえたが、はっきり聞こえず、男が何者なのか分からなかった。

源九郎たちは、鈴屋の店先から離れて路傍に足をとめた。

「店に男がいたが、藤兵衛かどうか分からなかったな」

源九郎が言うと、菅井たち三人がうなずいた。

「どうする」

菅井が訊いた。

「店に踏み込むわけにはいかないし……。藤兵衛が来ているかどうかだけでも、知りたいが」

源九郎が言うと男たちがうなずいた。

「あっしが、客のふりをして、店を覗いてみやしょうか」

孫六が身を乗り出して言った。

「それも手だが……」

源九郎は下手に店を覗いたりして、店の者に不審を抱かれると、藤兵衛や子分がいた場合、騒ぎが大きくなって、藤兵衛に逃げられるのではないかと思った。ここで、逃げられれば、藤兵衛は用心して鈴屋には近付かなくなるだろう。

源九郎たちは長丁場になるのを覚悟して、店から話の聞けそうな客が出て来るのを待つことにした。

それから、半刻（一時間）ほど経ったろうか。店先に目をやっていた菅井が、

「出てきたぞ」

と、昂《たかぶ》った声で言った。

見ると、鈴屋の入口の格子戸が開いて、遊び人ふうの男がふたり、姿を見せた。女将は、姿を見せなかった。客にもよるだろうが、鈴屋では客を店の戸口まで出て見送ることはあまりしないようだ。

ふたりの男は店先から離れると、何やら話しながら歩いていく。

「あっしが、ふたりから訊いてきやす」

そう言って、孫六がふたりの男の後を追った。

このとき、鈴屋の格子戸が開いて、別の男が出てきたが、源九郎たち三人は孫六に目をむけていたので、新たに姿を見せた男に気付かなかった。

鈴屋から新たに出てきた男は、路傍に立っている源九郎たち三人と、遠方にいる孫六と客だったふたりの男を目にとめた。

源九郎たちは通りの先にいる孫六たちの方に目をむけ、孫六はふたりの男と何やら話しながら歩いていく。

……店先にいるやつらは、この店を探っているのかもしれねえ。

新たに姿を見せた男は胸の内でつぶやき、すぐに店にもどった。そして、格子戸をしめてしまった。

二

源九郎、菅井、安田の三人は、孫六と店から出てきたふたりの男に気を取られ、鈴屋から新たに出てきた別の男に気付かなかった。

源九郎たち三人は、鈴屋からすこし離れた路傍に立って孫六がもどるのを待った。

孫六はふたりの男と何やら話しながら歩いていたが、やがて孫六だけが足をとめた。そして、踵《きびす》を返すと、足早にもどってきた。ふたりの男は振り返って見ることもなく、通りを歩いていく。

孫六は源九郎たちのいる場にもどるなり、

「藤兵衛は、店にいるようですぜ！」

と、声高に言った。

「いるか！」

源九郎が身を乗り出して言った。

「ただ、店に踏み込んでも、藤兵衛を押さえるのは難しいようですぜ」

孫六が、その場にいた男たちに目をやって言った。

「なぜだ」

「店といっても、藤兵衛は裏手にある離れにいやしてね。一緒に、子分が五、六人いるようです」

「五、六人か」

源九郎は、子分が五、六人いても、何とか藤兵衛を捕らえることができるのではないかと思った。ここには、腕のたつ菅井と安田も来ているのだ。

「それが、子分だけじゃァねえらしい」

さらに、孫六が言った。

「他にも、だれかいるのか」

源九郎が訊いた。そばにいた菅井と安田も、孫六に目をやっている。

「人じゃァねえんで……。裏手にまわれば、すぐ分かるようですがね。離れに踏み込むのは、むずかしいようでさァ」

「どういうことだ」

源九郎が、身を乗り出して訊いた。

「店の脇から離れに、行けねえようになっているらしい」

孫六が聞いた話によると、鈴屋の脇は狭い上に途中に板塀があって、板塀の戸を開けないと裏手と行き来できないようになっているという。

「鈴屋の中を通ったらどうだ」

源九郎が訊いた。

「鈴屋の背戸を閉められると、裏手にも出られないそうで」

「そうか。藤兵衛たちに逆らう者たちがいても、簡単に手が出せないように離れを造ったのだな」

源九郎が言うと、孫六がうなずいた。その場にいた菅井たちは口を閉じたまま、虚空を睨むように見据えている。

男たちは、いっとき黙考していたが、

「手はある！」

と、菅井が男たちに目をやって言った。

その場にいた男たちの目が、菅井に集まった。

「朝の内に、襲えばいい。……朝から離れを襲われるとは、思わないだろう。店の表戸をぶち割って入り、裏手に出てもいいし、短い梯子《はしご》を持ってきて店の脇の板塀を越えてもいい」

「そうだな。朝なら、何とかなるな」

源九郎も、朝のうちなら離れに踏み込めるのではないかと思った。

「出直すか」

菅井が言うと、その場にいた男たちがうなずいた。

源九郎たちは、鈴屋の近くから離れた。そして、日光街道に足をむけた。

このとき、店の脇からさきほどとは別の遊び人ふうの男がひとり、姿を見せた。男は通りに出て、前方を歩いていく源九郎たちの姿を目にし、

……あいつら、伝兵衛店のやつらだ！

と、胸の内で叫んだ。男は伝兵衛店に踏み込んだとき、源九郎たちを目にしたことがあったのだ。

男はすぐに踵を返し、裏手の離れに駆けもどった。離れにいる藤兵衛に知らせようと思ったらしい。

一方、源九郎たちは、姿を見せた遊び人ふうの男に気付かなかった。日光街道の方へむかって歩いていく。

源九郎たちが鈴屋から離れ、日光街道の近くまで来たときだった。源九郎の背後を歩いていた孫六が、足音を耳にして振り返った。

「来やす！　何人も」

孫六が声を上げた。

振り返ると、通りの先に何人もの男の姿が見えた。七、八人いる。遊び人ふうの男たちが多かったが、牢人体の男もいた。

「あいつら、藤兵衛の子分たちだ！」

孫六が叫んだ。

「俺たちを襲う気だぞ！」

安田が昂った声で言った。

「に、逃げきれぬ！　迎え撃つしかない」

珍しく、源九郎が声をつまらせて言った。

「板塀を背にしろ！」

菅井が叫んだ。道沿いに、板塀を巡らせた仕舞屋があった。商家の旦那の妾《めかけ》でも住んでいる家かもしれない。

源九郎たち四人は、板塀を背にして立った。源九郎、菅井、安田の三人は、刀の柄に右手を添えて抜刀体勢をとっている。

孫六も懐から匕首を取り出したが、手が震えていた。こうした斬り合いは、苦手らしい。

「孫六、前へ出るな！」

源九郎が声高に言った。

三

「殺《や》っちまえ！」

先に駆け付けた遊び人ふうの男が、叫んだ。

すると、後続の男のひとりが、

「こいつら、腕が立つぞ！　迂闊に近付くな」

と、仲間たちに言った。どうやら、源九郎たちのことを知っているらしい。長屋に踏み込んだ男たちのなかにいたのかもしれない。

安田は、前に立った男が広く間合をとったままなので、

「どうした、怖《お》じ気付《け》いたのか」

と、揶揄《やゆ》するように言った。相手に、踏み込ませるための誘いである。

すると、男は手にした脇差を振り上げ、

「殺してやる！」

と、叫びざま、踏み込んできた。

咄嗟に、安田は身をひいて男の脇差を避け、刀を袈裟に払った。素早い太刀捌きである。安田の切っ先が、男の肩から胸にかけて小袖を斬り裂いた。露になった男の胸から血が流れ出た。

男は悲鳴を上げ、後ろによろめいた。そして、足がとまると、右手で傷口を押さえた。その指の間から、血が赤い筋を引いて流れ落ちた。

これを見たその場にいた男たちは怖じ気付いたらしく、匕首や長脇差を手にしたまま後ずさる者がいた。

「殺っちまえ！　逃げるんじゃァねえ」

兄貴格の男が叫んだ。

その声で、菅井の両脇にいたふたりが、つづけざまに斬り込んできた。

右手の斜め前から長脇差を手にした男が踏み込み、左手から刀を手にした牢人体の男が斬り込んできた。

菅井は抜刀しざま、右手の斜め前から踏み込んできた男を袈裟に斬りつけ、左斜め前からむかってきた牢人に、二の太刀をふるった。素早い太刀捌きである。

ギャッ！　と悲鳴を上げ、右手から踏み込んできた男がよろめいた。肩から胸にかけて斬り裂かれている。

菅井が左手にふるった二の太刀は、牢人の肩先をかすめただけで空を切った。二の太刀は、すこし遅れ、牢人に引く間をあたえたらしい。

菅井がふたりの男に刀をふるうと、間を置かずに源九郎が斬り込んだ。

踏み込みざま、袈裟へ――。一瞬の太刀捌きである。

ザクリ、と、前に立っていた男の小袖が、肩から胸にかけて裂けた。そして、露になった胸から血が流れ出た。

男が斬られるのを見たそばにいた仲間が、恐怖で引《ひ》き攣《つ》ったような顔をし、慌てて後ずさった。近くにいた別の男も身を引いた。

「怯《ひる》むな！　相手は、三人だけだ」

牢人体の男が叫んだ。

その声で、安田の前にいた男が、

「殺してやる！」

と叫びざま、手にした長脇差で斬りつけてきた。

咄嗟に安田は身を引き、刀を横に払った。一瞬の太刀捌きである。

男の長脇差は、安田から一尺ほども離れたところで空を切り、安田の刀の切っ先は、男の右の二の腕を斬り裂いた。

ギャッ！ と悲鳴を上げ、男はよろめいた。そして、足がとまると、苦しげに顔をしかめ、足早にその場から離れた。逃げたのである。

これを見た他の男たちも、匕首や長脇差を手にしたまま後ずさった。斬り合いの場から身を引いたのだ。

「逃げるな！ こいつらを斬れ」

牢人体の男が叫んだ。

だが、踏み込んで斬りつける者はいなかった。長脇差や匕首を手にしたまま、逃げ腰で立っている。

「かかってこい！ こないなら、俺から行くぞ」

菅井が踏み込みざま、前に立っていた男に斬りつけた。

すでに、菅井は居合で抜刀し、脇にいた男を斬っていたので、抜き身をふるって斬りつけたのだ。

袈裟へ――。菅井の切っ先が、前に立っていた男の肩から胸にかけて斬り裂いた。

露になった男の胸に、細い血の線がはしった。男は、ギャッ！ と悲鳴を上げて後退った。だが、倒れるようなことはなかった。

菅井の切っ先は、薄く皮肉を斬り裂いただけだった。居合の抜刀しざまの斬撃ではなかったので、すこし踏み込みが浅かったのだ。

菅井の斬撃を浴びた男は恐怖で引き攣ったような顔をし、菅井との間が開くと、走りだした。逃げたのである。

これを見た他の男たちも後ずさったり、脇から逃げたりして、源九郎たちから離れると、反転して走りだした。深手を負った者は、よろめくような足取りで逃げていく。

「逃げるな！　引き返せ」

牢人体の男が、叫んだ。だが、足をとめる者はなかった。

すると、牢人体の男も走りだした。太刀打ちできないと思ったのだろう。牢人は逃げる男たちの後を追って、逃げていく。

源九郎たち四人は路傍に立ち、逃げる男たちに目をやっていたが、

「あいつら、鈴屋の裏手にある離れに逃げ込むにちげえねえ」

と、孫六が言った。

「そうだな」

源九郎も、男たちは離れに逃げ込むとみた。

「どうする」

菅井が訊いた。

「明日だ。鈴屋にしろ裏手の離れにしろ、藤兵衛の居所は限られている。いつまでも、逃げまわることはできん」

源九郎が語気を強くして言った。

四

翌日、源九郎たち四人は、長屋を出ると、茅町二丁目にむかった。念のため、鈴屋と離れのどちらかに藤兵衛たちがいるかどうか確かめてから、美松屋を探ってみるつもりだった。藤兵衛の行方がつかめなかったとしても、政五郎の居所が知れるかもしれない。

源九郎たちは美松屋の前を通り過ぎ、茅町二丁目にむかった。そして、一膳めし屋の脇にある道に入り、鈴屋の近くまで来た。

源九郎たちは路傍に足をとめ、鈴屋に目をやった。

「店は、ひらいてるようですぜ」

孫六が言った。

見ると、鈴屋の戸口に暖簾が出ていた。

「まだ、客はいないようだ」

源九郎が言った。鈴屋の店内から聞こえてきたのは、女将と思われる女の声と、水を使う音だけである。

「藤兵衛がいるとすれば、裏手の離れではないか」

菅井が言った。

「そうだな」

源九郎も、鈴屋の店内に藤兵衛がいるとは、思わなかった。

「裏手に踏み込みやすか」

孫六が、身を乗り出して言った。

「裏手に踏み込むのは後だ。離れを探り、藤兵衛がいるとつかんでからだな」

源九郎は、裏手の離れに踏み込んだことが、藤兵衛に知れれば、鈴屋にも近付かなくなるのではないか、と思った。そうなると、藤兵衛のいる場所を突き止めるのが、さらに難しくなる。

「あっしが、裏手を探ってきやしょうか」

孫六が、源九郎に目をやって訊いた。

そのとき、鈴屋の脇に目をやっていた安田が、

「おい、裏手から出てきたぞ！」

と、身を乗り出して言った。

見ると、鈴屋の脇の小径《こみち》から遊び人ふうの男がひとり、通りに出てきた。男は通りの左右に目をやってから、日光街道の方へ足をむけた。

「あの男に、訊いてきやす」

孫六はすぐにその場を離れ、男の後を追った。

「あやつが孫六を知っていると、厄介だぞ。騒ぎたてるからな」

菅井は、「俺も行ってみる」と言い残し、孫六の後を追った。ただ、菅井は遊び人ふうの男に気付かれないように、そばまで行かず、通行人を装って歩いていく。

孫六は男と肩を並べて歩いていた。ふたりは何やら話していたが、菅井には聞き取れなかった。

孫六は、男と話しながら半町ほど歩いたろうか。孫六だけ、路傍に足をとめた。遊び人ふうの男は、そのまま日光街道の方に歩いていく。

菅井は男が遠ざかるのを待ってから孫六のそばに行き、ふたりで小走りに源九郎と安田がいる場にもどってきた。

「藤兵衛は、離れにいるのか」

すぐに、源九郎が訊いた。

「いねえ。鈴屋にも裏手の離れにも、今はいねえ」

孫六が眉を寄せて言った。

「なに、離れにもいないのか」

源九郎の声が、大きくなった。安田も、驚いたような顔をしている。

「しばらく、離れにいたようですがね。今日は出掛けているらしい」

孫六が言った。

「何処へ行ったか分かるか」

源九郎が訊いた。

「蕎麦屋だと言ってやした」

「蕎麦屋だと、どこの蕎麦屋だ」

源九郎が、首をひねりながら訊いた。いきなり、蕎麦屋が出てきたからだろう。

「それが、どこの蕎麦屋か分からねえ。話を訊いた男によると、藤兵衛が蕎麦屋の亭主を女郎屋に誘い、金を使わせて借金をさせ、その借金代わりに乗っ取った店だそうで」

孫六が、その場にいた男たちに目をやって言った。

「のっとり藤兵衛か！」

思わず、源九郎が声を上げた。その場にいた男たちも、驚いたような顔をしている。

「藤兵衛が蕎麦屋を奪い取ったのは、まさにのっとり藤兵衛の手口でさァ」

孫六が言った。

「そうだったのか。……鈴屋も、藤兵衛が同じ手口で奪い取ったのかもしれんな」

源九郎が言うと、その場にいた男たちがうなずいた。

「藤兵衛の背後にいる闇の政五郎と呼ばれる男が、影の親分か」

菅井がつぶやくような声で言った。

「そうみていいな」

源九郎が言い添えた。

次に口を開く者がなく、その場は沈黙につつまれていたが、

「いずれにしろ、俺たちは、藤兵衛と政五郎を捕らえて町方に引き渡すか、それが無理なら討ち取るしかない」

と、源九郎が語気を強くして言った。

「そうだな」

安田が言った。

「わしらは、長屋を守るためにも、亀楽をやつらの思いどおりにさせないためにも、藤兵衛と政五郎を捕らえよう」

そう言って、源九郎が男たちに目をやった。

菅井、孫六、安田の三人が、顔を見合わせてうなずいた。男たちの双眸が、燃えるようにひかっている。

五

「藤兵衛を先に捕らえたい」

源九郎が、声をあらためて言った。

「そのためにも、藤兵衛の居所を摑まねばな」

菅井が言い添えた。

「どこの蕎麦屋に、行ったのか。藤兵衛が乗っ取った店らしいから、訊けば分かるのではないか」

源九郎が、男たちに目をやって言った。

「あっしが話を訊いた男は、どこの蕎麦屋か知らなかったんでさァ。子分たちに訊くより、近所で訊いた方が早《はえ》えかもしれねえ。そうした噂話は、すぐ伝わりやすからね」

孫六が言った。

「どうだ、手分けして近所で聞き込んでみるか」

源九郎が言うと、その場にいた男たちがうなずいた。

源九郎たちは一刻《とき》（二時間）ほどしたら、この場にもどることにして別れた。

「さて、どこで聞き込んでみるか」

ひとりになった源九郎は、改めて通り沿いに目をやった。

一町ほど先の道沿いに、御茶漬屋があった。店の脇の掛看板に、「御茶漬　酒　富田屋《とみたや》」と書かれていた。茶漬だけでなく、酒も出すらしい。

源九郎は、御茶漬屋の店主に訊いてみようと思った。

源九郎が、御茶漬屋の戸口まで行って腰高障子を開けると、土間に飯台があり、そのまわりに腰掛け代わりの空樽が置いてあった。店の奥には小上がりがあり、そこに客らしい男が三人いて、御茶漬を食っていた。

源九郎が店に入って行くと、奥の板戸が開き、店の親爺らしい男が顔を出した。板場にでもいたのか、濡れた手を手ぬぐいで拭きながら、

「旦那、茶漬ですかい」

と、源九郎に訊いた。

「いや、ちと、訊きたいことがあってな。手間はとらせぬ」

源九郎が声をひそめて言った。

「何です」

親爺の顔から、愛想笑いが消えた。客ではないと分かったからだろう。

「そこに、鈴屋という小料理屋があるな」

「ありやす」

「鈴屋の主人を知っているか」

源九郎が小声で訊いた。

すると、親爺の顔が強張った。腹の上で握り締めた両手が、かすかに震えてい

る。

「実は、おれの知り合いが、鈴屋の女将に惚《ほ》れ込んでな。店に通《かよ》ったのだが、店にいたならず者たちに袋叩きに遭ったようなのだ」

源九郎は作り話を口にした。

「そ、そうですかい」

親爺が声をつまらせて言った。

「その知り合いは、蕎麦屋をやっていたのだがな。袋叩きにあっただけでなく、蕎麦屋も乗っ取られたらしいのだ」

「ひでえ目に遭ったようだ」

親爺が、顔をしかめて言った。

「その知り合いから、聞いたのだがな。鈴屋には、藤兵衛というならず者の親分が出入りしていて、つまらぬことで因縁をつけて、金を出させたり、ときには他人の店を乗っ取ったりするそうではないか」

源九郎は、のっとり藤兵衛のことを持ち出した。

「……」

男は蒼褪《あおざ》めた顔で頷《うなず》いた後、

「あ、あっしも、聞いたことがありやす。……何でも、些細《ささい》なことで因縁をつけ、店や家を乗っ取るので、陰で、のっとり藤兵衛と呼ばれているとか」

と、声を震わせて言った。

「そうらしいな。……ところで、藤兵衛の住処を知らないか」

源九郎が、声をあらためて訊いた。

「鈴屋の他に、福井町《ふくいちょう》にも隠れ家があると聞いたことがありやすが……」

男は首を捻った。はっきりしないのだろう。

「福井町のどこだ」

すぐに、源九郎が訊いた。

福井町は日光街道の西側に広がっており、一丁目から三丁目まである広い町である。福井町と分かっただけでは、探すのが難しい。

「一丁目と聞きやしたが……」

男が小声で言った。

「一丁目か！」

源九郎の声が大きくなった。福井町一丁目は、広い町である。一丁目と分かっただけでもまだ、探すのが難しい。

「一丁目のどのあたりだ」

さらに、源九郎が訊いた。

「二丁目の近くと聞いてやす」

「そうか」

二丁目は、一丁目の北に広がっている。二丁目の近くと分かれば、探すのはそう難しくない。

源九郎は親爺に礼を言い、茶漬屋から出た。まだ、一刻は経っていないが、菅井たちと別れた場所にもどった。

まだ、別れた場所に誰も戻っていなかった。

源九郎がその場に来ていっとき経つと、菅井と孫六が、戻ってきた。ふたりは源九郎のそばまで来ると、

「安田は、まだのようだな」

菅井が訊いた。

「すぐ、来るだろう」

源九郎がそう言って、あらためて通りの先に目をやると、安田の姿が見えた。安田も源九郎たちの姿を目にしたらしく、小走りにもどってくる。

六

「ま、待たせたか……」

安田が肩で息をしながら言った。源九郎たちの姿を見て、走って来たので息が上がったらしい。

源九郎は安田が落ち着くのを待ってから、

「わしから話す」

と言って、御茶漬屋の親爺から聞いたことを一通り話し、

「藤兵衛は、福井町一丁目の隠れ家にいるかもしれぬ」

と、言い添えた。

「福井町にも、隠れ家があるのか」

菅井が、驚いたような顔をして訊いた。

「そうらしい。……藤兵衛は、目をつけた家や店に、子分たちをつかって因縁をつけたり、商売の邪魔をしたりして、ただ同然で乗っ取るのだ。それで、のっとり藤兵衛と呼ばれている。おそらく、その家も、藤兵衛がただ同然で、乗っ取ったのだろう」

源九郎が、虚空を睨むように見据えて言った。胸の内には、藤兵衛たちの手で、店を奪われそうになった亀楽のことがあったのだ。源九郎だけでなく、この場にいる男たちも、亀楽のことは知っている。

「おれも、福井町のことは、聞いた」

安田が言った。

「これから、福井町一丁目に行ってみるか。遅くなるようだったら、今日は藤兵衛の隠れ家をつきとめるだけでもいい」

源九郎が言うと、その場にいた男たちがうなずいた。

源九郎たちは、まず日光街道に出た。街道沿いにつづいている町が茅町で、浅草橋の近くから一丁目、二丁目とつづいている。

源九郎たちが街道に出た場所は、茅町二丁目だった。大勢の通行人が、行き来している。

「一丁目へ、向かうぞ」

源九郎が声をかけ、日光街道を浅草橋の方にもどった。

しばらく歩いてから、安田が、

「福井町一丁目は、この辺りからだな」

と言って、路傍に足をとめた。

「そうだ。二丁目の近くと聞いているので、藤兵衛の隠れ家はこの辺りにあるのではないか」

源九郎が言った。

「どうだ、手分けして探さないか。二丁目は広くないが、家屋敷の多い町だからな」

菅井が言うと、源九郎、安田、孫六の三人がうなずいた。

源九郎たちは、一刻（二時間）ほどしたら、浅草橋のたもとに集まることにして、その場で別れた。

ひとりになった源九郎は、街道から少し入ったところにある店に目をやった。どの店も、大勢の人々が行き来している街道に近いこともあって、繁盛しているようだし、名の知れた老舗もあった。

……街道沿いにある店ではないな。

源九郎は、胸の内でつぶやいた。街道沿いにある店が藤兵衛のような男に奪われれば、噂はすぐに広まり、伝兵衛店の住人の耳にも入るだろう。

源九郎は、街道沿いにある笠屋と蕎麦屋の間に道があるのを目にとめた。細い道だが、行き来している人は少なくなかった。

……この道に、入ってみよう。

源九郎は、笠屋と蕎麦屋の間にある道に入った。

道沿いには、下駄屋、八百屋、瀬戸物屋など、暮らしに必要な物を売る店が多かった。行き交う人も、土地の住人が多いようだ。

源九郎は、通りかかった職人ふうの男を目にとめた。土地の住人らしい。

「ちと、訊きたいことがあるのだ」

源九郎が男に声をかけた。

「あっしですかい」

男が驚いたような顔をして訊いた。いきなり、見ず知らずの武士に、声をかけられたからだろう。

「そうだ。……この近くに、藤兵衛という男の家はないか。藤兵衛は留守にすることが多く、あまり姿は見掛けないかもしれないが」

源九郎は、藤兵衛の名を出して訊いた。

男は戸惑うような顔をしたが、

「ありやす」

と、小声で言った。

「店屋か」

源九郎が訊いた。

男は源九郎に身を寄せて、

「何年か前《めえ》まで、蕎麦屋だったんですがね。今は、商売をしてねえ」

と、声をひそめて言った。

「藤兵衛は、いないのか」

「いねえときが、多いんですがね。下働きの年寄りが、留守番をしているようでさァ」

「そうか。……その蕎麦屋はどこにある」

源九郎が訊いた。

「この道を行くと、一町ほど先に蕎麦屋だった店がありやす。今は店を閉じてるが、まだ戸口の腰高障子に蕎麦と書いてあるので、分かりやす」

「行ってみよう」

源九郎は職人ふうの男と別れ、来た道をさらに歩いた。

一町ほど歩くと、道沿いに蕎麦屋らしい店が目にとまった。暖簾は出ていなかったが、入口の腰高障子に「蕎麦」と書いてあった。

……あの店だな。

源九郎は、蕎麦屋だった店に近付いた。

店の入口の腰高障子は、閉まっていた。店のなかも、ひっそりとしている。

ただ、誰かいるらしく、店の奥の方でかすかに廊下を歩くような足音が聞こえた。

源九郎は、腰高障子を開けて店に踏み込もうとしたが、思いとどまった。足音の主は、藤兵衛でなく、下働きの者ではないかと思ったのだ。

七

源九郎は蕎麦屋だった店からすこし離れ、斜向かいにあった朽ちかけた古い家の脇に身を隠した。住人はいないらしい。何か商売をしていた家のようだが、今は商いをやめて表戸を閉めている。

源九郎がその場に来て、いっときしたとき、背後から近付いてくる足音を耳にした。振り返ると、菅井が足早に近付いてくる。どうやら、菅井も藤兵衛の隠れ家を突き止めたようだ。

「ここだ！」

源九郎が、小声で言って手招きした。

菅井は源九郎のそばに来ると、

「あれが、蕎麦屋だった店か」

すぐに、指差して訊いた。

「そうだ。……誰かいるようだが、藤兵衛ではないかもしれん」

源九郎は、あらためて蕎麦屋に目をやった。

そのとき、家の中で戸口に近付いてくる足音がし、腰高障子が開いた。姿を見せたのは、すこし腰の曲がった男だった。藤兵衛の家に奉公している下男ではあるまいか。

男は戸口から出ると、ゆっくりした歩調で通りを歩きだした。源九郎たちがいる場と反対方向に歩いていく。

「俺が、あの男に訊いてくる」

菅井が言って、その場を離れた。

菅井は通りに出ると、足早に男の後を追い、何やら声をかけた。そして、ふたりは話しながら歩いていく。

ふたりは肩を並べていっとき歩くと、菅井だけが足をとめた。男はひとりだけ、通りの先にむかっていく。

菅井は踵を返すと、小走りに源九郎のいる場にもどってきた。

「菅井、藤兵衛は家にいるのか」

すぐに、源九郎が訊いた。

「それが、一刻(二時間)ほど前、出掛けたそうだ」

菅井が渋い顔をして言った。

「行き先は」

「俺が話を訊いたのは、下男らしいが、藤兵衛は出掛けに、今夜は帰らないと話したそうだ」

「藤兵衛は何処へ出掛けたか、分かるか」

「下男の話だと、藤兵衛の情婦《いろ》のところらしい。今夜は情婦のところで過ごすつもりなのだ」

菅井が、顔をしかめて言った。

「そうか。……今日は、帰るか。藤兵衛のいない蕎麦屋だった家を見張っても、無駄骨だからな」

源九郎が言うと、菅井がうなずいた。

源九郎と菅井は蕎麦屋だった店から離れ、来た道を引き返した。そして、集まることになっていた浅草橋のたもとにもどった。

橋のたもとに、安田と孫六の姿があった。ふたりは、げんなりした顔をし、

「駄目だ。藤兵衛の居所は、摑めなかった」

と、安田が肩を落として言った。

「居所は、摑めたのだがな。藤兵衛はいなかったよ。情婦のところに、もぐり込んだらしい」

源九郎が言うと、安田が、

「今日のところは、長屋に帰るか」

と、その場に顔を揃えた三人の男に目をやって言った。

「せっかく、ここまで来たのだ。どうだ、帰りがけに、美松屋を見ておくか。藤兵衛はともかく、政五郎がいるかもしれんぞ」

菅井が、男たちに目をやって言った。

「そうだな。ここからは近いし、長屋へ帰る途中、美松屋の前を通ることもできる」

源九郎が言うと、その場にいた男たちがうなずいた。

源九郎たち四人は、浅草橋のたもとから神田川沿いの道にむかった。その道沿いに、美松屋はある。

川沿いの道をいっとき歩くと、美松屋が見えてきた。店は商売をしているらしく、店の入口に暖簾が出ていた。

源九郎たちは美松屋の近くまで行ったが、変わった様子はなかった。

「また、八百屋の脇から、店の様子を見てみるか」

菅井が言った。

源九郎たちは、以前美松屋を見張ったときに身を隠した八百屋の脇に足をむけた。そして、八百屋の脇から、あらためて美松屋に目をやった。

「やはり、変わった様子はないな」

源九郎が言った。

美松屋には客がいるらしく、嬌声や男の談笑の声などが聞こえてきた。

源九郎たちが、美松屋を見張り始めて半刻（一時間）ほど経ったが、藤兵衛も子分たちも姿を見せなかった。

「こうやって、美松屋を見張っていても、何もつかめないな」

安田が、美松屋を見つめて言った。

「藤兵衛がいるとすれば、店の裏手にある離れだな」

源九郎が言った。すでに、源九郎たちは、美松屋の裏手の離れに、藤兵衛や子分たちが身を隠していることをつかんでいた。ただ、今も藤兵衛や子分たちがいるかどうかは分からない。

「どうしやす。裏手の離れに踏み込んでみやすか」

孫六が身を乗り出して訊いた。

「駄目だ。下手に嗅ぎまわると、藤兵衛や子分たちの目にとまり、返り討ちに遭う恐れがある。大勢で襲われたら、逃げるのも難しいぞ」

源九郎が、男たちに目をやって言った。

その場に、源九郎、孫六、安田、菅井の四人がいた。孫六を除けば、いずれも腕の立つ武士だが、藤兵衛の子分たちが何人いるか分からない。当然、牢人もいるだろう。大勢で襲われたら、いかに源九郎たちでも、太刀打ちできない。

「誰か、出てくるのを待つしかないな」

源九郎が美松屋を見つめて言った。

八

「出てこねえなァ」

孫六が生欠伸を嚙み殺して言った。

源九郎たちがその場に来て、一刻（二時間）近く経つ。陽は西の家並の向こうに沈み、家の陰や樹陰などは淡い夕闇につつまれている。

「裏手の離れに踏み込むこともできないし、打つ手がないな。今日のところは、あきらめて帰るか」

源九郎が、美松屋に目をやって言った。

そのとき、美松屋の入口の格子戸が開いて、男がふたり出てきた。客らしい。ふたりのうちひとりは、大工の棟梁《とうりよう》といった感じの男である。もうひとりは若く、棟梁の配下の大工のようだ。

ふたりにつづいて、女将のおとせが姿を見せた。客であるふたりの男を見送るために、店から出てきたらしい。

おとせはふたりの男と何やら言葉を交わしていたが、ふたりの男が店先から離れると、踵を返して店内にもどった。

ふたりの男は、何やら話しながら通りを歩いていく。

「あっしが、訊いてきやす」

孫六はそう言い残し、八百屋の脇から出て、ふたりの男の後を追った。

源九郎たちは、町人や女などに話を訊くとき、孫六にまかせることが多かった。孫六は長く岡っ引きをしていた経験があるので、話を訊くのが巧みだったし、すこし足が不自由だったこともあって、相手は孫六に警戒するようなことがなかったのだ。

孫六はふたりの男に声をかけ、いっとき話しながら歩いていたが、孫六だけが足をとめて踵を返し、源九郎たちのいる場にもどってきた。

「孫六、何か知れたか」

源九郎が訊いた。

「知れやした。藤兵衛が、美松屋にいるそうでさァ」

孫六が昂《たかぶ》った声で言った。

「なに、美松屋にいるのか」

「そうでさァ」

「裏手の離れにいるのではないのか」

源九郎が訊くと、そばにいた菅井と安田がうなずいた。ふたりも、同じように見ていたらしい。

「あっしが話を訊いたふたりは、藤兵衛は店にいたが、小半刻（三十分）ほどすると、裏手にもどったと言ってやした」

「藤兵衛は何か用があって、店に姿を見せたのではないか」

「話を訊いた男も、そう言ってやした」

「いずれにしろ、藤兵衛は店の裏手にある離れにいるのだな」

源九郎が念を押すように訊いた。

「そうでさァ」

孫六がうなずいた。

それから、源九郎たちはしばらく美松屋に目をやっていたが、話の聞けそうな男は出てこなかった。

「今日は、諦《あきら》めて帰《けえ》りやすか」

孫六が、男たちに目をやって言った。

そのとき、美松屋の脇に目をやっていた安田が、

「おい、店の脇から、子分らしいのが出てきたぞ！」

と、身を乗り出して言った。

美松屋の脇の小径から、遊び人ふうの男がひとり姿を見せた。藤兵衛の子分らしい。おそらく、店の裏手にある離れから出てきたのだろう。

「こっちに来やす！」

孫六が昂った声で言った。

遊び人ふうの男は通りに出ると、左右に目をやった後、源九郎たちが身を隠している八百屋の方に歩いてきた。

「あの男を捕らえて、話を訊こう」

源九郎が、男を見据えて言った。

男は肩を振るようにして、源九郎たちの方へ近付いてくる。

源九郎たちは、男が八百屋の前まで来たとき、一斉に飛び出した。源九郎と孫六が男の前に、菅井と安田が背後にまわり込んだ。

「て、てめえたちは！」

男は声をつまらせて言い、その場につっ立った。顔から血の気が引いている。

それでも、男は懐に右手をつっ込んで匕首を取り出した。そして、切っ先を源九郎たちに向けようとした。

「遅い！」

源九郎が声を上げ、踏み込みざま手にした刀を峰に返して横に払った。一瞬の太刀捌きである。

源九郎の峰打ちが、男の脇腹をとらえた。

男は手にした匕首を取り落とし、呻き声を上げてよろめいた。

そこへ、源九郎が身を寄せ、

「動けば、首を落とす！」

と言って、切っ先を男の喉元に突き付けた。

男は硬直したようにその場につっ立った。蒼褪めた顔で、震えている。

「孫六、縄をかけてくれ！」

源九郎が声をかけた。

すぐに、孫六は懐から捕り縄を取り出し、男の両腕を後ろにとって縛った。手際がいい。長く岡っ引きをやっていた経験があるだけのことはある。

「この男、どうする」

菅井が訊いた。

「すこし離れた場所まで連れていって、話を訊くか」

源九郎は、男の話によっては長屋に連れていこうと思った。

九

源九郎たちは、男を連れて美松屋から離れた。そして、一町ほど離れたところにあった路傍で枝葉を繁らせていた柳を目にし、その陰にまわった。

「ここなら、人目につくようなことはない」

源九郎はそう言ってから、縄をかけられている男の前に立った。菅井、安田、孫六の三人が、男を取り囲むようにまわり込んだ。

「おまえの名は」

源九郎が訊いた。

男は戸惑うような顔をして、口を噤《つぐ》んでいたが、

「助七《すけしち》でさァ」

と、小声で名乗った。

「助七、通りに出る前は、裏手の離れにいたのだな」

源九郎が、助七を見つめて訊いた。

助七は戸惑うような顔をしたが、

「そうで……」

と、小声で言った。

「何か用があって、通りに出てきたのか」

「用なんかねえ。行きつけの飲み屋で、一杯やろうかと思って出てきたんだ」

助七は、すぐに答えた。

「美松屋で、飲まないのか」

源九郎が訊いた。

「美松屋の女将のおとせ姐《ねえ》さんは、藤兵衛親分の情婦ですぜ。あっしが、おとせ姐さんを相手に一杯やることは、できねえ」

助七が、首をすくめて言った。

「そうだな」

源九郎は頷いた後、

「ところで、藤兵衛は店の裏手の離れにいるそうだな」

と、念を押すように訊いた。

助七は戸惑うような顔をして、黙っていたが、

「いやす」

と、小声で言った。

「藤兵衛は、離れにいることが多いのか」

「近頃、離れにいることが多いようでさァ」

助七は、隠さず話した。すこし話したことで、隠す気が薄れたのだろう。

「ところで、政五郎はどうだ。離れに来ているのか」

源九郎が、念を押すように訊いた。

助七はしばし逡巡するように口を噤んでいたが、

「近頃、よく来やすが、今日はいねえ」

と、小声で言った。

源九郎は、「近頃、よく来るのか」と呟いた後、

「裏手の離れには、おまえたち子分も出入りしているようだが、何人ほどいるのだ」

と、訊いた。源九郎は、いずれ離れにいる政五郎や藤兵衛を捕らえることになる、とみて訊いたのだ。

「七、八人でさァ」

助七が言った。

「いつも、七、八人いるのか」

源九郎は、七、八人は多いと思った。子分がそばに、七、八人もいたら、政五郎や藤兵衛を捕らえるどころか返り討ちに遭う。

「いつもじゃァねえ」

すぐに、助七が言った。

「子分たちが、いないときもあるのか」

「ありやす。……あっしらは、いつも離れに籠ってるわけじゃァねえ。情婦のところに行くやつもいれば、別の店に飲みに行くやつもいやす」

「そうだろうな」

源九郎も、大勢の子分たちが、離れに籠っているようなことはない、とみた。

源九郎が口を噤むと、

「離れにいる子分がすくなくなるのは、いつだ」

と、菅井が脇から訊いた。

「昼過ぎでさァ」

助七が、昼を過ぎてから、離れを出る者が多いことを話した。

「そうか」

すぐに、菅井は身を引いた。

「明日だな」

源九郎が、西の空に目をやって言った。

すでに陽は沈み、辺りは淡い夕闇につつまれている。昼過ぎに、子分たちが離れを出ることが多いと言っても、暗闇のなか離れに踏み込むわけにはいかない。

「どうする」

菅井が源九郎に訊いた。

「今日のところは、長屋に帰ろう。明日、出直せばいい」

源九郎が言うと、そばにいた菅井たちが頷いた。

すると、源九郎の前に立っていた助七が、

「あっしを帰《けえ》してくだせえ。旦那たちのことは、口にしねえ」

と、その場にいた源九郎たちに目をやって言った。

「帰せだと。ここで放したら、おまえは離れに駆け戻って、俺たちのことを話す」

源九郎が語気を強くした。

「話さねえ！　旦那たちのことは、話さねえ」

助七がむきになって言った。

「おまえが、話さなくても、わしらに喋《しゃべ》ったことは、いずれ仲間たちに知れる。そうなったら、藤兵衛はおまえを許さないぞ。……下手をすれば、その場で殺される」

「そうかも知れねえ」

助七の顔から血の気が引いた。体が震えている。

「どうだ、身を隠すところはあるか」

源九郎が訊いた。

「……ねえ。あっしの家は柳橋にあったが、今は家もねえ」

助七が、肩を落として言った。

「それなら、わしらと一緒に長屋に来い。ほとぼりが冷めるまで、長屋で預かってやる」

源九郎が言うと、

「俺のところでもいいぞ。独り暮らしだからな。……俺がめしを炊いて、おまえにも食わせてやる」

菅井が助七に目をやって言った。

第五章　追撃

一

「華町、いるか」

腰高障子の向こうで、菅井の声がした。

「いるぞ。入ってくれ」

源九郎が流し場から声をかけると、すぐに腰高障子が開いて、菅井が姿を見せた。

菅井は土間に入ってくると、座敷や流し場に目をやり、

「平次郎の姿が、ないな」

と、訊《き》いた。源九郎の長屋の部屋には、藤兵衛の子分だったが改心し、身を隠

すためもあって寝泊まりしていた平次郎という男がいた。その平次郎の姿が、部屋のなかになかったのだ。

「それがな、平次郎は、留守にすることの多い、わしの部屋で暮らすのに飽きて な。深川《ふかがわ》にいる伯父《おじ》が、一膳めし屋をやっているので、そこに厄介になる、と言って、ここを出たのだ。……このところ、わしは留守にすることが多く、平次郎はひとりで部屋に籠《こも》っているのに飽きたらしい。それに、平次郎は長屋に懇意にしている者がいないし、独り暮らしも辛かったのだな」

源九郎が、苦笑いを浮かべて言った。

「そうか、助七も長続きしまいな」

菅井が言った。源九郎たちは、助七という男を捕らえ、ひとまず菅井が引き取って、長屋の同じ家で寝泊まりすることになったのだ。

源九郎と菅井が、そんなやり取りをしているところに、孫六と安田が姿を見せた。源九郎たち四人は、まず美松屋に当たり、藤兵衛か政五郎かが姿を見せれば、機をみて捕らえるつもりだった。

「出掛けるか」

源九郎が菅井たち三人に声をかけた。

源九郎たち四人は長屋の路地木戸を後にし、竪川沿いの通りを経て賑やかな両国広小路に出た。そして、神田川にかかる柳橋を渡り、柳橋と呼ばれる地に入った。

源九郎たちは、神田川沿いの道を西にむかった。このところ、何度も行き来した道なので、様子は分かっている。

神田川沿いの道をいっとき歩くと、前方に美松屋が見えてきた。店の入口に暖簾が出ている。店を開いているらしい。

源九郎たちは、道沿いにあった八百屋の脇に身を隠した。そこは、源九郎たちが何度か身を隠して、美松屋を見張った場所である。

「藤兵衛は、来ているかな」

源九郎が美松屋を見ながら言った。

「来てるとすれば、店の裏手にある離れですぜ」

孫六はそう言って、その場にいた源九郎たちに目をやった。

「いずれにしろ、離れを探ってみなければな」

源九郎は、藤兵衛だけでなく、政五郎も美松屋にいるかどうか知りたかった。いずれ、藤兵衛だけでなく、政五郎も捕らえるなり、討つなりしなければ、始末はつかないのだ。

それから、一刻（二時間）近く経ったが、美松屋の出入り口から、客らしい男が出てきただけで、政五郎も藤兵衛も姿を見せなかった。

「姿を見せねえなァ」

孫六が生欠伸《なまあくび》を嚙み殺して言った。

そのとき、美松屋の脇の小径《こみち》から男がひとり出てきた。遊び人ふうである。裏手の離れから出てきたらしい。

「あの男、政五郎か藤兵衛の子分ですぜ」

孫六が身を乗り出して言った。

「そのようだ」

源九郎はそう言った後、

「やつを捕らえて、話を訊くか」

と、その場にいた男たちに目をやって訊いた。

「そうだな。子分なら、政五郎と藤兵衛のことを知っているはずだ」

菅井が身を乗り出して言った。

「よし、わしと孫六とで、あの男の前に出る。菅井と安田は、後ろから来てくれ。何とか、斬らずに捕らえて話を訊いてみよう」

源九郎が言った。

「承知した」

菅井が言うと、安田がうなずいた。

源九郎はそばにいた孫六に、

「行くぞ！」

と声をかけ、八百屋の脇から通りに出た。そして、孫六とふたりで小走りに、遊び人ふうの男の後を追った。

源九郎と孫六は男に近付くと、道の端の方を通って、男の前に出た。そして、男から離れたところで足をとめて反転した。

男は源九郎と孫六を見て、驚いたような顔をして立ち止まった。ふたりの男が、前方に立ち塞がったからだ。

源九郎と孫六は、ゆっくりとした歩調で、男に近付いていった。

ふいに、男が反転した。ふたりの男が、自分に向かって迫ってきたのを見て、逃げようとしたらしい。だが、男はその場から動かなかった。前方から、菅井と安田が迫ってきたからだ。

「挟み撃ちか！」

男が声を上げた。そして、腰に差していた脇差の柄を握って抜こうとした。

そこへ、源九郎が素早く男の背後に近付き、

「抜けば、斬るぞ！」

と言って、大刀の切っ先を男にむけた。

男は後ろを振り返り、源九郎が背後から刀の切っ先を向けているのを目にし、

「お、俺を、どうするつもりだ」

と、声をつまらせて訊いた。体が震えている。

「おとなしくしていれば、何もせぬ。……騒ぎ立てたり、逃げようとすれば、この場で首を落とす」

源九郎は男を見据えて言った。

男は体を震わせたまま、源九郎に目をむけている。

「わしと一緒に来い！」

源九郎はそう言って、男を歩かせ、菅井と安田のいる場にむかった。

源九郎たち四人は、捕らえた男を取り囲むようにして八百屋の脇に連れていった。そして、通りからは見えないように、八百屋の裏手にまわった。

二

「おまえの名は」

源九郎が男に訊いた。

男は戸惑うような顔をして黙っていたが、

「弥太郎《やたろう》でさァ」

と、小声で名乗った。

「弥太郎、わしらに訊かれたことを隠さずに話せば、この場から逃がしてやる」

源九郎はそう言った後、

「政五郎は、美松屋の裏手にある離れにいるな」

と、念を押すように訊いた。

「いやす」

弥太郎が、小声で言った。隠す気はないらしい。

「藤兵衛は、どうだ」

源九郎は藤兵衛の名を出した。

「今日はいねえ。……昨日《きのう》の晩に離れから出て、まだ戻ってねえんでさァ」

弥太郎が言った。

「どこへ、行ったのだ」

すぐに、源九郎が訊いた。その場にいた菅井たちの目が、弥太郎に集まっている。

「詳しいことは聞いてねえが、情婦《いろ》のところかもしれねえ。近くの小料理屋に馴染みにしている女将がいるらしい」

弥太郎が小声で言った。

「藤兵衛は、女好きのようだな」

源九郎が、苦笑いを浮かべて言った。源九郎は、藤兵衛が福井町一丁目の隠れ家に住んでいたとき、頻繁に情婦のところに出掛けていたのを知っていたのだ。

「その小料理屋は、どこにあるのだ」

源九郎が小声で訊いた。

「美松屋から浅草橋の方へ、一町ほど行った先と聞いてやす」

「この通りの先か」

源九郎は、美松屋が面している通りを指差して訊いた。

「そうでさァ」

弥太郎が話したことによると、美松屋の前の道を一町ほど歩くと、道沿いに一膳めし屋があるそうだ。その店の脇の道に入ったところに、小料理屋があるという。

「女将の名を聞いているか」

源九郎が訊いた。

「たしか、女将の名は、およしだったと……」

弥太郎は語尾を濁した。女将の名は、はっきり覚えていないのだろう。

源九郎はそれ以上訊くことがなかったので、そばにいた菅井たちに目をやり、

「何かあったら訊いてくれ」と小声で言った。

すると菅井が、

「その小料理屋の店の名を、知っているか」

と、弥太郎に目をやって訊いた。小料理屋の名が分かった方が、探りやすいと思ったのだろう。

「神田屋《かんだや》でさァ。神田川からとったらしい」

弥太郎が声高に言った。

「神田川からとった神田屋か。分かりやすい名だ」

菅井が苦笑いを浮かべて言った。

次に口を開く者がなく、その場が沈黙につつまれたとき、

「あっしを、帰《けえ》してくだせえ。知っていることは、隠さず話しやした」

弥太郎が、源九郎たちに目をやって言った。

「帰してもいいが、何処へ帰るのだ」

源九郎が訊いた。

「……！」

弥太郎は、驚いたような顔をして源九郎たちを見た。

「わしらは、弥太郎から話を聞いたことなど口にしないが、この場で話しているのを目にした者がいるはずだ。隠しても、弥太郎がわしらに藤兵衛の情婦の話をしたことは、いずれ藤兵衛や政五郎の耳に入るぞ」

源九郎が言った。

「あ、あっしは、殺される」

弥太郎が、声をつまらせて言った。顔から血の気が引いている。

「しばらく、何処かに身を隠せるか」

源九郎が訊いた。

弥太郎はいっとき虚空に目をやって、考え込んでいたが、

「あっしの伯父が、並木町《なみきちょう》で飲み屋をやってやす。そこで、厄介になりやす」

と、源九郎たちに目をやって言った。

「並木町というと、浅草寺《せんそうじ》の門前通りか」

「そうでさァ」

「門前通りなら、藤兵衛や政五郎も迂闊に手は出せまい。人出の多いところで揉《も》め事《ごと》は起こせないし、下手に騒ぎたてると、大勢の者に顔を見られるからな」

源九郎が言うと、その場にいた男たちがうなずいた。

源九郎たちは、その場で弥太郎と別れた。弥太郎は美松屋に戻らず、そのまま並木町に向かうらしい。

一方、源九郎たちは通行人を装って美松屋の前を通り、浅草橋の方にむかった。弥太郎が口にした小料理屋に行ってみようと思ったのだ。

一町ほど歩くと、弥太郎が話したとおり、道沿いに一膳めし屋があった。その店の脇に、小径がある。

「その道に、入《へえ》ってみやすか」

孫六が小径を指差して言った。

「入ってみよう」

源九郎が言い、菅井と安田が後につづいた。

三

「あれだ！」

源九郎が、道沿いにある店を指差して言った。

間口の狭い店だが、出入り口は小料理屋らしい洒落た格子戸になっていた。店の脇の掛看板に「御料理　神田屋」と書いてあった。

源九郎たちは、神田屋からすこし離れた路傍に足をとめた。

「踏み込みやすか」

孫六が意気込んで言った。

「まず、神田屋に藤兵衛がいるかどうか確かめてからだ。いないのに踏み込んで、藤兵衛に知れたら、藤兵衛は神田屋にもどらないぞ」

源九郎は、そうなると藤兵衛の居所を摑むことが難しくなると思った。

菅井と安田が、うなずいた。源九郎と同じことを思ったらしい。

「店のなかの様子が聞けると、いいんだが」

そう言って、源九郎は神田屋の近くに目をやったが、店のことを訊けそうな者は見当たらなかった。

「神田屋の隣にある蕎麦屋はどうです。すぐ近くだから、店の者が藤兵衛を見ているかもしれねえ」

孫六が言った。

「そうだな、蕎麦屋の者なら知っているな」

源九郎が言うと、

「あっしが、訊いてきやす」

そう言い残し、孫六が小走りに蕎麦屋にむかった。

ふいに、孫六の足がとまった。そのとき、小料理屋の格子戸が開いて、男がひとり出てきたのだ。

男は年配で、職人ふうだった。酔っている様子はなく、飲みに来たというより、近くを通りかかったので、飯を食いに立ち寄ったという感じだった。神田屋を馴染みにしているのかもしれない。

孫六は、男が神田屋の店先から離れるのを待って近寄った。そして、男に声をかけ、一緒に歩きだした。

孫六は男と話しながら歩き、いっときすると、孫六だけが足をとめた。男はひとりで歩いていく。

孫六は男が離れると、踵《きびす》を返し、小走りに源九郎たちのいる場にもどってきた。

「孫六、藤兵衛は神田屋にいるのか」

すぐに、源九郎が訊いた。

「それが、いねえようなんで。男の話だと、藤兵衛は半刻（一時間）ほど前、神田屋を出たらしい」

孫六が言った。

「藤兵衛は、どこへ行ったのだ」

源九郎が声高に訊いた。その場にいた菅井と安田も、身を乗り出すようにして孫六に目をむけている。

「それが、分からねえんでさァ。あっしが訊いた男も、藤兵衛の行き先は知らねえんで」

孫六が肩を落として言った。

「どうする」

源九郎が、菅井と安田に目をやって訊いた。

「藤兵衛は、ひとりで神田屋を出たのか」

菅井が、孫六に訊いた。

「あっしが訊いた男の話だと、藤兵衛はひとりではなく、遊び人ふうの男をふたり連れて出たそうで」

「藤兵衛は、ふたり連れていったのか」

菅井が念を押すように言った。

「そう言ってやした」

「藤兵衛は帰ってくるかもしれん。仲間をふたり連れていったのなら、このまま姿を消すことはあるまい」

菅井が言うと、

「わしも、そうみる。……それに、藤兵衛は別の場所に身を隠したとしても、連れていったふたりは、神田屋にもどるはずだ」

源九郎が声高に言った。

「待ちやしょう。……藤兵衛が帰《けえ》らなくても、一緒にいったふたりから訊けば、居所は知れやす」

孫六が言うと、その場にいた男たちがうなずいた。

それから、一刻（二時間）近く経ったが、藤兵衛も同行した仲間のふたりも、姿を見せなかった。

「姿を見せんな」

源九郎が痺《しび》れをきらせて言った。

「出直すか」

菅井がそう言ったとき、通りの先に目をやっていた孫六が、

「ふたり、来やす！　藤兵衛と一緒に行ったやつらかも知れねえ」

と、身を乗り出して言った。

見ると、遊び人ふうの男がふたり、何やら話しながら歩いてくる。

「藤兵衛と一緒に行った男らしい」

源九郎が声高に言った。

「あのふたりに訊けば、藤兵衛の行き先が分かるな」

菅井が身を乗り出し、「ふたりを、押さえよう」と言い添えた。

すぐに、その場にいた源九郎たちがうなずいた。

ふたりの男は源九郎たちに気付かず、話しながら近付いてきた。そして、源九

郎たちの前を通り過ぎようとした。

「行くぞ！」

源九郎が声をかけ、四人一斉に飛び出した。源九郎と孫六がふたりの男の前に、菅井と安田が背後にまわり込んだ。

四

ふたりの男は飛び出してきた源九郎たちを見て、その場に立ち竦んだ。逃げる間もなかったようだ。

「動くな！」

源九郎と菅井がそれぞれ男の前に立ち塞がり、手にした刀の切っ先を男の喉元にむけた。

ふたりの男は体を硬直させ、その場につっ立った。顔が恐怖で蒼褪《あおざ》めている。

「ふたりの口を塞いでくれ」

源九郎が、安田と孫六に目をやって言った。

安田と孫六が素早く手拭いを取り出し、ふたりの男に猿轡《さるぐつわ》をかました。そして、源九郎たちは、ふたりの男を通り沿いで枝葉を繁らせていた柳の樹陰に連れ込んだ。通りかかった者が目をむけたとしても、大声さえ出さなければ、樹陰で一休みしているように見えるだろう。

「おまえたちの名は」

猿轡をとったあと、源九郎が、ふたりに目をむけて訊いた。

ふたりは戸惑うような顔をして口をつぐんでいたが、兄貴格と思われる大柄な男が、

「茂吉《しげきち》でさァ」

と、名乗ると、もうひとりの男が、

「あっしは、八之助《やのすけ》で」

と、すぐに名乗った。

「茂吉、八之助、神田屋を出たとき、藤兵衛も一緒だったな」

源九郎が、念を押すように訊いた。

ふたりは、戸惑うような顔をして口をつぐんでいたが、

「藤兵衛親分と一緒に、神田屋を出やした」

と、茂吉が言った。すると、脇にいた八之助が、首を竦めるように頷《うなず》いた。

「神田屋を出た後、何処に行ったのだ」

源九郎が訊いた。

「小料理屋でさァ」

茂吉が小声で言った。

「おい、小料理屋の神田屋を出た後、また、小料理屋に行ったのか」

源九郎の声が大きくなった。

「そうでさァ」

「神田屋では、飲み足りなかったのか」

「そうじゃァねえ。情婦でさァ」

茂吉が、上目遣いに源九郎を見て言った。

「その小料理屋にも、情婦がいるのか」

源九郎が、呆れたような顔をして訊いた。藤兵衛は女を囲ったり、情婦のいる店に出入りしたり、何人もの女と関係を持っているようだ。

「そうでさァ。藤兵衛親分は、女好きなんで」

茂吉が、薄笑いを浮かべて言った。

「藤兵衛は、今夜、その情婦のいる小料理屋に泊まるのか」

源九郎が、声をあらためて訊いた。

「泊まるはずでさァ。それで、あっしらふたりが邪魔になって、帰《けえ》したんで」

茂吉が言うと、八之助が頷いた。

「うむ……」

源九郎が顔をしかめて口を閉じると、

「あっしらが知っていることは、みんな話しやした。旦那たちのことは、誰にも言わねえから、見逃してくだせえ」

茂吉が身を乗り出して言った。

「見逃すことはできん。……他にも、訊きたいことがあるのでな。しばらく、長屋にいてもらおうか」

源九郎は、茂吉と八之助が藤兵衛と一緒に神田屋を出たことを思い出した。茂吉と八之助は、藤兵衛の仲間とまでは言えないが、知り合いであることは間違いないだろう。ここで、ふたりを自由にすると、源九郎たちのことを話すにちがいない。

「長屋ですかい」

茂吉が渋い顔をして訊いた。

「なに、藤兵衛を捕らえるまでだ」

源九郎はそう言ったが、藤兵衛だけでなく、政五郎も捕縛しないと始末はつかないだろうと思った。

源九郎たちは、茂吉と八之助の両腕を後ろにとって縛った。そして、ふたりの両腕が、通行人の目に触れないように、四人で取り囲むようにして歩いた。今日のところは、このまま長屋に帰るつもりだった。

源九郎たちが神田川沿いの道を東にむかって歩き、前方に神田川にかかる柳橋が見えてきたときだった。

孫六が歩きながら後ろを振り返り、

「後ろから尾けてきやす！」

と、昂《たかぶ》った声で言った。

源九郎たちが背後を見ると、何人もの男が目にとまった。藤兵衛らしき男と遊び人ふうの男が、五、六人、それに牢人体の武士が、ふたりいた。牢人体の武士も、藤兵衛の子分であろう。

「藤兵衛がいるぞ！」

菅井が、源九郎に身を寄せて言った。菅井の声にはいつもと違って、昂った響きがあった。菅井も興奮しているらしい。

孫六が、声をつまらせて言った。声が震え、目がつり上がっている。

「に、逃げやすか」

「逃げられぬ。あやつらと、やるしかない」

源九郎が、その場にいた男たちに言った。

源九郎たちは、通り沿いにあった表戸を閉めた仕舞屋を背にして立った。空家らしい。背後にまわられるのを防ぐためである。

菅井と安田が、源九郎と並んで立った。三人は、刀がふるえるように広く間合をとっている。源九郎と安田は抜き身を手にし、菅井だけは居合の抜刀体勢をとった。孫六は、すこし身を引いていた。手に匕首を持っていたが、腰が引けている。

茂吉と八之助は両腕を縛られたまま、源九郎たちからすこし間をとって立っていた。

源九郎たちは茂吉と八之助をそばにおいて、藤兵衛たちに引き渡さないようにする余裕はなかった。自分たちの命を守ることさえ、難しいのだ。

そのとき、近付いた藤兵衛が、

「殺せ！　ひとり残らず、始末しろ」

と、声を上げた。

五

源九郎の前には、牢人体の武士が立った。初めて見る顔である。おそらく、用心棒のような立場で、藤兵衛や政五郎のそばにいたのだろう。

菅井の前にも、もうひとりの牢人体の武士が立った。大柄な男で、頬に刀傷《かたなきず》があった。真剣で立ち合った経験があるらしい。

菅井は刀の柄に右手を添え、居合の抜刀体勢をとっている。

安田には長脇差を手にした遊び人ふうの男が対峙《たいじ》し、左脇にもうひとり、匕首を手にしたならず者らしい男がまわり込んだ。

一方、両腕を縛られたままの茂吉と八之助は、仕舞屋の板戸に張り付くように身を寄せていた。斬り合いから逃れるためである。

源九郎は前に立った武士に、

「おぬしは、やくざの用心棒か」

と、揶揄《やゆ》するように言った。武士を怒らせるためである。怒ると、体が硬くなり、一瞬の反応を鈍くするのだ。

「だとしたらどうする」

武士が、源九郎を睨むように見据えて言った。

「武士でありながら、やくざの子分か」

さらに、源九郎が言った。

「問答無用！」

武士の顔が、憤怒《ふんぬ》で歪んだ。

これを見た源九郎は半歩踏み込み、斬撃の気配を見せた。武士に仕掛けさせるための誘いである。

この誘いに、武士が反応した。

イヤアッ！　と甲走《かんばし》った気合を発し、斬り込んできた。

青眼の構えから、真っ向へ——。

だが、武士の斬撃には、速さも鋭さもなかった。強い怒りで、体が硬くなっているからだ。

一瞬、源九郎は右手に体《たい》を寄せながら、刀身を横に払った。

武士の刀の切っ先は、源九郎の左肩をかすめて空を切り、源九郎の切っ先は武士の脇腹を横に斬り裂いた。

グワッ！　と呻き声を上げ、武士は後ろによろめいた。武士の脇腹から、血が流れ出ている。

武士は源九郎から身を引いて体勢をたてなおしたが、体が震え、刀を構えていられなかった。

「勝負、あった！　次は、首を落とす」

源九郎が声を上げ、青眼に構えて一歩踏み込んだ。

「お、おのれ！」

武士は憤怒に顔を染めて、切っ先を源九郎にむけたが、すぐに後退《あとずさ》った。そして、源九郎との間合がひらくと反転し、よろよろした足取りで走りだした。逃げたのである。

源九郎は武士を追えばすぐに追いついたが、脇にいる菅井に目をやった。

菅井は、まだ牢人体の武士と対峙していた。菅井は居合の抜刀体勢のまま、武士は八相に構えていた。

菅井と牢人体の武士は、動かなかった。気魄《きはく》で攻め合っていた。気攻めである。

このときも、茂吉と八之助は、源九郎や菅井たちから少し離れた場所にいた。斬り合いに巻き込まれるのを防ぐためである。

茂吉と八之助は、縛られたままだった。

そこへ、遊び人ふうの男がふたり、近寄ってきた。ふたりとも、手に匕首を持っている。ふたりは周囲に目を配りながら茂吉と八之助に近付いて足をとめた。

「縄を解いてくれ！」

八之助が、ふたりに声をかけた。助けに来たと思ったらしい。

すると、ふたりのうちのひとり、大柄な男が、

「助けてやるよ。後ろを向きな」

と、薄笑いを浮かべて言った。

茂吉と八之助は、ふたりの男に背をむけ、縛られた両腕を後ろに突き出すようにした。縄を切ってもらおうとしたのだ。

「俺が切るのは、おめえの首だよ」

男はそう言うと、手にした匕首で、八之助の首を掻き切った。

一瞬、八之助は驚愕《きょうがく》に目を剝き、何か叫ぼうとしたが、口から出たのは呻き声だった。首から血が迸《ほとばし》るように流れ出ている。

これを見た茂吉は、恐怖で目をつり上げ、その場から逃げようとした。

「逃がさねえよ」

もうひとりの瘦身《そうしん》の男が、薄笑いを浮かべて言いざま、手にした匕首で、茂吉の首を切り裂いた。

茂吉の首から血が飛び散った。茂吉は呻き声を上げ、身を捩《よじ》ったが、その場から動くこともできなかった。いっときすると、茂吉はその場に横たわった。体がヒクヒクと動き、首から大量の血が流れ出た。茂吉は、すぐにぐったりとなった。流れ出た大量の血が、赤い布を広げるように地面を赤く染めていく。

「始末がつきやした！」

瘦身の男が声を上げた。

このとき、源九郎は菅井と対峙していた大柄な武士の左手にいた。菅井が後れをとるようだったら、助太刀しようと思ったのだ。

大柄な武士は、瘦身の男の声を聞くなり、

「勝負は、預けた！」

と、声を上げて後退った。そして、菅井との間合が開くと、反転して走り出した。逃げたのである。

これを見た藤兵衛と数人の遊び人たちが、すばやく身を引いて反転した。そして、大柄な武士の後を追って走りだした。

源九郎たちは逃げる藤兵衛たちの後を追ったが、すぐに足をとめた。男たちの逃げ足が速いこともあったが、迂闊に後を追うと返り討ちになる恐れがあったのだ。

源九郎たちは引き返し、血塗《ちまみ》れになって地面に横たわっている茂吉と八之助のまわりに集まった。

「ふたりとも、死んでいる」

源九郎が言った。

「あいつら、茂吉たちを助けに来たんじゃァねえ。殺しに来たんだ」

孫六が顔を怒りに染め、ふたりの死体に目をやって言った。

「助ける気なら、助けられたのに、殺すとはな」

源九郎の顔にも、怒りの色があった。

源九郎たちは、いっとき茂吉と八之助に目をやっていたが、

「殺されたふたりを道の隅に運んでやるか」

源九郎が言い、その場にいた四人で、ふたりの遺体を路傍の叢《くさむら》のなかに運び

込んだ。

源九郎たちは改めてふたりの遺体に手を合わせてから、その場を離れた。今日のところはこのまま長屋に帰るつもりだった。

六

翌朝、源九郎、菅井、安田、孫六の四人は長屋を出ると、賑やかな両国広小路から神田川にかかる橋を渡って柳橋に出た。

源九郎たちは、闇の政五郎とのっとり藤兵衛と呼ばれる親分格のふたりを捕らえるなり、討ち取るなりしたかった。ふたりをこのままにしておくと始末はつかないし、源九郎たちが襲われる恐れがあったのだ。

源九郎たちは、神田川沿いの道を西にむかった。しばらく歩くと、道沿いにある美松屋が見えてきた。

源九郎たちは美松屋から一町ほども離れた路傍に足をとめた。政五郎や藤兵衛の子分たちの目にとまらないように気をつかったのだ。

「藤兵衛は、いるかな」

源九郎が、美松屋に目をやって言った。

政五郎は美松屋の裏手の離れを塒《ねぐら》にしているのでいるはずだが、藤兵衛には何人も情婦がいて、塒が定まっていないのだ。

「政五郎の子分に、聞いてみやすか」

孫六が言った。

美松屋の離れには、政五郎の子分たちが出入りしていたのだ。

「そうだな。政五郎と藤兵衛が、いるかどうか確かめたい」

源九郎が言うと、その場にいた男たちがうなずいた。

源九郎たちは、道沿いにあった八百屋の脇に身を隠した。そこは、美松屋を見張るとき、利用した場所である。

源九郎たちが、その場に身を隠して半刻（一時間）ほど過ぎた。美松屋からも、裏手に出入りする店の脇の小径からも、子分らしい男は出てこなかった。

「あっしが、裏手の離れを覗いてきやしょうか」

そう言って、孫六が八百屋の脇から出ようとした。

「待て！」

源九郎が孫六をとめた。

そのとき、美松屋の脇の小径から、遊び人らしい男がひとり、通りへ出てきたのだ。

「あっしが、あの男に訊いてきやす」

そう言って、孫六がその場を離れようとした。

「気付かれるなよ」

源九郎が声をかけた。

「任せてくだせえ。何年か前に、藤兵衛親分に世話になったことがある、とでも言っておきやす」

孫六はそう言い残し、足早に遊び人ふうの男の後を追った。

孫六は遊び人ふうの男に追いつくと、何やら声をかけ、ふたり並んで歩きながら話していた。

いっときすると、孫六だけが足をとめた。遊び人ふうの男は、そのまま歩いていく。

孫六は遊び人ふうの男が離れると、踵を返し、小走りに源九郎たちのいる場にもどってきた。

「どうだ、藤兵衛は離れにいたか」

すぐに、源九郎が訊いた。

「いやした！　藤兵衛だけでなく、政五郎も一緒にいるそうですぜ」

孫六が昂った声で言った。

「政五郎も一緒か！」

源九郎の声が大きくなった。その場にいた菅井と安田も身を乗り出すようにして、孫六に目をむけた。

「ただ、ちょいと、厄介なことがあるんでさァ」

孫六が、首をすくめて言った。

「何だ、厄介なこととは」

源九郎が訊いた。

「離れには、政五郎と藤兵衛、それに二本差しが、ふたりいるそうですぜ」

孫六が、源九郎たちに目をやって言った。

「武士がふたりか。政五郎たちは、用心しているようだ」

源九郎が言った。

「それだけじゃァねえ。政五郎と藤兵衛の子分らしい男が、七、八人もいるそうですぜ」

孫六が昂った声で言った。

「武士の他に、七、八人もいるのか」

源九郎の顔が、険しくなった。

「厄介だな」

菅井が言った。珍しく、菅井も顔をしかめている。

次に口をひらく者がなく、その場が重苦しい沈黙につつまれたとき、

「下手に離れに踏み込むと、返り討ちになるかもしれん。藤兵衛なり、政五郎なりが離れから出てくるのを待ったらどうだ。子分を二、三人連れて出てきたとしても、この場にいる四人で討てる」

と、安田が男たちに目をやって言った。

「安田のいう通りだ。子分を大勢連れて出てこなければ、ここにいる四人で、討つことができる」

源九郎が言うと、その場にいた菅井、安田、孫六の三人がうなずいた。

それから、半刻（一時間）ほど経ったろうか。美松屋の脇に目をやっていた孫六が、身を乗り出し、

「出てきた！」

と、声を上げた。

見ると、美松屋の脇の小径から、遊び人ふうの男がふたり出てきた。ふたりは通りに出ると、路傍に立って左右に目をやっていた。

「おい、あのふたり、通りにおれたちがいないか、見にきたのではないか」

源九郎が、身を乗り出して言った。

「そうらしいな」

菅井はふたりの男を見つめている。

ふたりの男は、通りの左右に目をやった後、踵を返し、美松屋の脇を通って裏手にむかった。

「藤兵衛か政五郎が、離れから出てくるのではないか」

源九郎が、その場にいる仲間たちに目をやって言った。

七

ふたりの男が美松屋の脇を通って裏手にむかってから、半刻（一時間）ほど経ったが、いまだ藤兵衛も政五郎も姿を見せなかった。

「出てこねえなァ」

孫六が、両手を突き上げて伸びをしながら言った。

そのとき、美松屋の脇から遊び人ふうの男がふたり、姿を見せた。

「おい、またふたり出てきたぞ」

菅井が、身を乗り出して言った。

ふたりの男は通りに出ると、いっとき通りの左右に目をやっていたが、踵を返し、美松屋の脇を通って、裏手にもどった。

「あのふたりも、通りに俺たちがいるかどうか、見に来たのではないか」

菅井が言った。

「そうらしいな。……ふたりは、わしらを目にしなかったはずだ。離れにいる者たちに、誰もいない、と知らせるのではないか」

源九郎が、その場にいた菅井たち三人に目をやって言った。

「離れから出てくるのは、藤兵衛とみていい。政五郎は離れを塒にしているが、藤兵衛には別の塒もあるようだからな」

菅井が言った。

「そうか。藤兵衛は離れから出て別の塒に移るために、子分たちに外の様子を探らせたのだな。用心深い男だ。二度も子分たちに探らせたのだからな」

源九郎が言うと、その場にいた男たちがうなずいた。

「今日こそ、藤兵衛を討ちとろう」

源九郎は、藤兵衛が子分たちを連れて出てくるとみた。それで、藤兵衛を生きたまま捕らえるのは、難しいと思ったのだ。

「承知した」

菅井が言うと、安田と孫六もうなずいた。

「ここで、四人一緒に、藤兵衛たちが出てくるのを待つ手はない。逃げ道を塞ぐように、二手に分かれよう」

源九郎が言うと、菅井、安田、孫六の三人も承知した。

すぐに、源九郎たちは二手に分かれた。源九郎と孫六がこの場で、菅井と安田は美松屋の先で待つことにした。藤兵衛たちが通りのどちらに足をむけても、挟み撃ちにできるはずだ。

菅井と安田は美松屋から一町ほど離れた路傍で、枝葉を繁らせている柳の陰にまわった。ただ、柳の垂れ下がった枝がすくなく、ふたりの下半身は隠すことができなかった。そのため、これまで、源九郎たちは美松屋を見張るとき、柳の陰にまわることがなかったのだ。

ただ、今日は藤兵衛たちが、柳の近くに来て誰かいると気付いても、源九郎たちと挟み撃ちにすることになっていたので、藤兵衛たちを逃がすことはないだろう。

源九郎たちが二手に分かれて身を隠してから、小半刻（三十分）ほど経ったろうか。美松屋の脇の小径から遊び人ふうの男がふたり、通りに出てきた。

ふたりの男は通りの中ほどまで来ると、足をとめ、通りの左右に目をやった。伝兵衛店の男たちがいないか見に来たようだ。

ふたりの男は、源九郎たちの姿がないと見たらしく、踵を返して、小径から裏手にもどった。

それからいっときすると、美松屋の脇の小径から男たちが出てきた。ふたりの遊び人ふうの男につづいて、牢人体の武士がふたり、その背後に藤兵衛の姿があった。

藤兵衛は通りに出ると、足をとめた。そして、左右に目をやり、自分を待ち伏せしている者がいないかどうか確かめてから、子分たちと一緒に歩きだした。藤兵衛たちが足をむけたのは、浅草橋の方だった。藤兵衛の隠れ家か、情婦のいる家にむかったのだろう。

藤兵衛たちの一行は、美松屋の先で身を隠していた菅井と安田に近付いていく。これを見た源九郎と孫六は、八百屋の脇から通りに出て、小走りに藤兵衛たちの後を追った。

藤兵衛たちは、後ろから近付いてくる源九郎と孫六に気付かなかった。遠方だったし、藤兵衛たちは、通りの左右に身を隠している者がいないか、気をとられていたからだ。

藤兵衛たちが、路傍で枝葉を繁らせている柳に近付いたとき、樹陰からふたりの男が飛び出した。菅井と安田である。

藤兵衛たちの足がとまった。驚いたような顔をしている。そのとき、藤兵衛の近くにいた遊び人ふうの男のひとりが、

「伝兵衛店のやつらだ!」

と、叫んだ、どうやら、菅井たちを目にしたことがあるらしい。

すると、藤兵衛のそばにいた牢人体の武士がふたり、菅井と安田の前に立ち塞がった。

「返り討ちにしてくれるわ!」

武士のひとりが、叫びざま抜刀した。

これを見たもうひとりの武士も刀を抜き、菅井に切っ先をむけた。そばにいた子分たちも匕首や脇差を手にし、菅井と安田を取り囲むようにまわり込んだ。

菅井の前に立った武士は、菅井が刀を抜かずに柄に右手を添え、腰を沈めているのを見て、

「おぬし、居合を遣うのか」

と、声高に訊いた。

「いかにも、おれの居合はかわせぬぞ」

菅井が言い、半歩武士に身を寄せた。

次の瞬間、前に立った武士の全身に斬撃の気がはしった。

タアッ！

鋭い気合とともに、武士が斬り込んだ。

踏み込みざま、袈裟へ——。

だが、この斬撃を読んでいた菅井は、素早く一歩身を引いた。

武士の切っ先は空を切り、勢い余った武士の体勢がくずれた。この一瞬の隙を、菅井がとらえた。

菅井は気合とともに抜刀し、袈裟に斬り込んだ。

キラッ、と刀身が光った次の瞬間、切っ先が武士の肩から胸にかけて斬り裂いた。まさに、居合の神速の一太刀である。

武士は血塗れになってよろめき、足がとまると、腰から崩れるように倒れた。

これを見た藤兵衛は、慌ててその場から逃げようとした。

「逃がさぬ!」

安田が素早い動きで、藤兵衛の前に立ち塞がった。

八

このとき、源九郎と孫六が、菅井たちと斬り合っている遊び人ふうの男と牢人体の武士のそばに走り寄った。

源九郎は牢人体の武士の前に足をとめ、

「わしが相手だ!」

と叫びざま、牢人体の武士に刀をむけた。

孫六は路傍に身を引き、源九郎や菅井たちに目をやっている。孫六は、刀を手にしての斬り合いは苦手だった。

「いくぞ!」

源九郎は声をかけ、刀を青眼に構えた。そして、切っ先を武士の目線につけた。隙のない構えである。

対する武士は、八相に構えた。両手を高くとり、刀身を垂直に立てた。相手を威嚇するような大きな構えだった。

だが、源九郎はすこしも臆《おく》さなかった。青眼に構えたまま一歩踏み込み、斬撃の間合に入った。

次の瞬間、源九郎と武士が、ほぼ同時に斬り込んだ。

源九郎は青眼から踏み込みざま、袈裟へ――。

武士も八相から一歩踏み込み、袈裟へ――。

袈裟と袈裟。ふたりの刀身が眼前で合致した次の瞬間、源九郎は二の太刀を横に払った。一瞬の太刀捌きである。

咄嗟に、武士は身を引いたが、間に合わなかった。

ザクッ、と、源九郎の切っ先が、武士の肩から胸にかけて袈裟に斬り裂いた。

鋭い斬撃だった。

武士は呻き声を上げて後ろによろめいたが、体勢を立て直し、

「おのれ！」

と、叫びざま斬りつけた。

真っ向へ——。

だが、斬撃に速さも鋭さもなかった。ただ振り上げて、斬りつけただけの一撃と言っていい。傷のせいである。

源九郎は体を右手に寄せて武士の斬撃を躱《かわ》すと、刀身を横に払った。素早い太刀捌きである。

源九郎の切っ先が、武士の腹を横に斬り裂いた。それほどの深手ではなかったが、武士は悲鳴を上げて身を引き、源九郎との間合が開くと、反転して走りだした。逃げたのである。

武士は腹を押さえてよたよたと逃げたが、源九郎は武士を追わずに、菅井と安田に目をむけた。

このとき、菅井は安田にかわって藤兵衛の前に立ち、抜いた刀を脇にとっていた。抜刀したために居合は遣えず、脇構えから居合の呼吸で斬りつけるつもりらしい。

一方、安田は菅井からすこし離れた場で、遊び人ふうの男と対峙していた。ふたりは青眼に構え合っている。

源九郎は、抜き身を手にしたまま菅井たちのそばに行こうとした。加勢しようと思ったのだ。

そのとき、菅井の全身に斬撃の気が走った。

脇構えから、逆袈裟へ——。菅井の一瞬の太刀捌きだった。

咄嗟に、藤兵衛は一歩身を引いたが、間に合わなかった。

ザクッ、と藤兵衛の小袖が裂けた。脇腹から胸にかけて、逆袈裟に斬り裂かれている。

藤兵衛の傷口から、血が噴《ふ》いた。藤兵衛は呻き声を上げて後ずさったが、足がとまると、腰から崩れるように倒れた。

俯《うつぶ》せに倒れた藤兵衛は両手を地面につき、顔を上げたが、立ち上がることはできなかった。

「藤兵衛を討ち取ったぞ！」

菅井が声を上げた。声が昂っている。菅井も、藤兵衛を討ち取ったことで興奮しているらしい。

藤兵衛は、しばし苦しげな呻き声を上げていたが、いっときするとぐったりして、動かなくなった。

そばに来ていた源九郎が、藤兵衛に目をやり、

「死んだ」

と、呟いた。

そのとき、源九郎の脇に来ていた孫六が、

「のっとり藤兵衛も、これで家や土地を乗っ取ることができなくなりやす」

と、藤兵衛を見つめながら呟いた。

「そうだな」

源九郎が小声で言った。

このとき、安田は、まだ遊び人ふうの男と対峙して切っ先をむけていたが、

「藤兵衛の旦那が、殺《や》られた！」「俺たちも、殺られる！」などと、男たちが声を上げ、慌てて身を引いた。そして、菅井たちとの間が開くと、反転して走り出した。逃げたのである。

安田だけが、抜き身を手にしたまま逃げる男を追って、走りだそうとした。

「安田、追うな！」

菅井が声をかけた。

走りかけた安田は、足をとめた。そして、菅井と一緒に倒れている藤兵衛のそばに行った。

源九郎が、倒れている藤兵衛の近くに立って、「藤兵衛を討ったな」と、つぶやいた後、

「残っているのは、政五郎だ」

と、その場にいる菅井や安田に目をやって言った。

「政五郎を討たねば、始末がつかぬ」

源九郎が、虚空を睨むように見据えて言った。

すると、菅井たちは無言でうなずいた。だれもが、まだ始末はつかない、と思っているらしく、顔には厳しさが残っていた。

第六章　頭目

一

伝兵衛店の源九郎の家に、四人の男が集まっていた。源九郎、菅井、安田、それに孫六である。

源九郎たちが、藤兵衛を討ち取った翌日である。まだ、影の親分である闇の政五郎が残っていた。

源九郎たちは、政五郎が身を隠す前に討ち取りたかった。そのためには間を置かずに、政五郎のいる場を襲い、討つなり捕らえるなりせねばならない。

「まだ、政五郎は美松屋の離れにいるかな」

菅井が、その場にいた男たちに目をやって訊《き》いた。

「いるはずだ。藤兵衛を討ち取った翌日だからな。政五郎も、日を置かずに美松屋の他に隠れ家を探さねばなるまいが、今日、明日ぐらいは離れにいるか、あるいは美松屋の店内にいる奉公人になりすまして、隠れているかだな」

源九郎が言うと、

「これから、美松屋に行こう」

安田が身を乗り出して言った。すると、そばにいた菅井と孫六もその気になって、立ち上がった。

源九郎たち四人は、長屋の家を出ると、竪川沿いの道に足をむけた。源九郎たちは竪川沿いの通りから、大川にかかる両国橋を渡った。そして、賑やかな両国広小路を経て柳橋に出た。さらに、神田川沿いの道を西にむかった。このところ、連日のように通った道筋なので、通り沿いの様子も分かっている。

源九郎たちは前方に美松屋が見えてくると、道沿いにあった八百屋の脇に身を隠した。そこは、源九郎たちが美松屋を見張るときに身を隠した場所である。

「美松屋は、変わりないな。店も開いている」

源九郎が言った。

美松屋の入口に、暖簾が出ていた。まだ昼前だが、客が入っているらしく店内から嬌声と男の談笑の声などが聞こえた。

「どうしやす」

孫六が、その場にいる源九郎たちに訊いた。

「まだ、踏み込むのは早い。……しばらく、様子を見よう」

源九郎が言うと、安田たちがうなずいた。

源九郎たちは、八百屋の脇に身を隠したまま美松屋に目をやっていた。それから、半刻（一時間）ほど経ったろうか。

美松屋の表の格子戸が開いて、商家の旦那ふうの男がふたり、つづいて女将が姿をあらわした。どうやら、女将は客を見送りに出てきたらしい。

女将はふたりの男と戸口で何やら話していたが、ふたりの客が女将に声をかけて、その場を離れた。

女将は戸口から離れていくふたりの客を見送っていたが、ふたりが遠ざかると、踵《きびす》を返して店内にもどった。

「ふだんと変わりねえなァ」

孫六が、生欠伸《なまあくび》を噛み殺して言った。

「政五郎がいるとすれば、裏手の離れだ。……離れの様子を聞けるといいんだが」

源九郎が、美松屋の脇にある小径《こみち》に目をやって言った。その小径は、裏手の離れに通じている。

それから、半刻（一時間）ほど経ったろうか。美松屋の脇の小径から、遊び人ふうの男がひとり出てきた。

男は通りの端まで来ると、左右に誰もいないのを確かめてから、通りに出て源九郎たちのいる方にむかって歩きだした。

「おい、こっちに来るぞ」

源九郎が言った。

「やつを取り押さえて、話を訊きやしょう」

孫六が身を乗り出して言った。

「そうだな。離れにいる者たちに気付かれないように、すこし離れてからがいいな」

源九郎はそう言った後、菅井たちに、「わしが、奴の前に出る」と言い添えた。

「おれは、後ろにまわる」

菅井が言うと、

「ならば、おれは、脇からだ」

安田が口を挟んだ。

男は身を隠している源九郎たちには気付かず、肩を左右に振るようにして歩いてくる。

男が、源九郎たちが身を潜めている八百屋に近付いてきた。

源九郎たちは男が八百屋の前まで来たとき、一斉に通りに走り出た。源九郎が男の前に、菅井が背後に、安田と孫六は男の脇にまわり込んだ。

男は、いきなり飛び出してきた源九郎たちを見て、その場に凍り付いたようにつっ立った。何が起こったのか、分からなかったらしい。

源九郎は男に身を寄せ、

「騒ぐと、斬り殺す！」

と、男の耳元で言った。

男は、その場に突っ立ったまま身を震わせている。

「俺たちと、一緒に来い！」

菅井が言い、男の背に手を伸ばして後ろから押した。

源九郎たちは男を取り囲むようにして、八百屋の脇に連れ込んだ。

源九郎が男の脇に立ち、

「おとなしくしていれば、痛い思いをせずに済む」

と、男の耳元で言った。

男は何も言わず、蒼褪《あおざ》めた顔で、その場に立っている。

「いま、美松屋の脇から出てきたな」

源九郎が、穏やかな声で訊いた。

「出てきやした」

男はすぐに答えた。隠すほどのことではない、と思ったのだろう。

「裏手の離れに、いたのだな」

源九郎が念を押した。

「そうでさァ」

「離れに、政五郎はいるな」

源九郎が語気を強くして訊いた。

「政五郎親分は、いねえ」

男が素っ気なく言った。

「いないだと！　朝から、何処へ出掛けたのだ」

源九郎が身を乗り出して訊いた。その場にいた菅井、安田、孫六の三人は、男を見据えている。

「何処だか、分からねえ」

男が首を竦めて言った。

「政五郎は、何も言わずに離れを出たのか」

「あっしが、親分のそばにいることの多い兄貴に聞いた話だと、親分は、四、五日してほとぼりが冷めたころ、帰ると言って出ていったそうで」

男は、隠さず話した。政五郎を親分と思っていないのかもしれない。

「四、五日か。……焦ることはないな」

源九郎が、男たちに目をやって言った。

するると、男は源九郎たちに目をやり、

「あっしの知っていることは、みんな話しやした。あっしを帰《けえ》してくだせえ」

と、首を竦めて言った。

「四、五日経ったら帰してやる。それまで、わしらと一緒に長屋で暮らせ」

源九郎が言った。

「な、長屋で……」

男が声をつまらせた。眉を寄せ、泣き出しそうな顔をしている。

「そうだ。……おまえの名は」

源九郎が訊いた。

「長次郎《ちようじろう》で」

男が肩を落として名乗った。名を隠す気もないらしい。

「長次郎、わしのところで、しばらく一緒に暮らせ。めしは食わせてやる」

源九郎はそう言った後、その場にいた菅井、安田、孫六の三人に目をやった。

菅井たち三人は、長次郎を見て苦笑いを浮かべている。長次郎が今にも泣き出しそうな情けない顔をしていたからだろう。

二

源九郎たちは政五郎を討ちに美松屋に出掛けたが、目的を果たせなかった。その五日後、源九郎の長屋の家に菅井、安田、孫六の三人が顔を揃えた。

四ツ(午前十時)ごろである。この日は、曇天《どんてん》だった。空は雲で覆われている。午前中だというのに、夕暮れ時のように薄暗い。

これから、源九郎たちは、あらためて政五郎を討ちに美松屋に行くのだ。

源九郎の家には、美松屋から連れてきた長次郎がいた。長次郎はこの五日間で長屋暮らしに慣れたのか、それほど辛そうな顔はしていなかった。

「出掛けるか」

源九郎が、菅井たち三人に目をやって言った。

「長次郎は、どうするのだ」

菅井が訊いた。

「ここは居心地がいいらしく、近頃、美松屋に帰ると言い出さないのだ。長屋にいても、美松屋に帰ってもいい、好きなようにしろ、と言ってあるのだがな」

源九郎が、苦笑いを浮かべて言った。

「そうか。いずれにしろ、始末がつくまでだな」

菅井が歩きながら言った。

源九郎たちは長屋を出ると、賑やかな両国広小路を経て柳橋に出た。そして、神田川沿いの道を西にむかった。このところ、何度も行き来した道筋なので、様子は分かっていた。源九郎たちは前方の道沿いに美松屋が見えてきたところで、路傍に足をとめた。

「暖簾が出てやす」

孫六が言った。美松屋の店先に、暖簾が出ている。

「変わりは、ないようだ」

源九郎は、美松屋にこれまでと変わった様子はなく、商売をつづけているのを見てとった。

「近付いてみるか」

菅井が言った。

「行ってみよう」

源九郎が言い、先にたった。

源九郎たちは美松屋に近付き、路傍で枝葉を繁らせている柳の陰にまわった。そこは、藤兵衛を討ったときに、身を隠した場所である。

「店内に、客もいるようだ」

菅井が言った。美松屋から、談笑の声がかすかに聞こえてきた。まだ早いが、客がいるらしい。

「政五郎はいるかな」

源九郎は、美松屋の脇の小径に目をやった。政五郎がいるとすれば、店の裏手にある離れである。

それから、源九郎たちは半刻（一時間）ほど小径に目をやっていたが、政五郎はおろか子分たちも姿を見せなかった。

「どうだ、離れを覗いてみるか」

源九郎が、小径を見据えて言った。

「子分たちに気付かれて、騒がれると面倒だぞ」

菅井が言った。

「なに、美松屋の客を装って、店の脇から覗いてみるだけだ」

そう言って、源九郎は、柳の陰から出た。

源九郎と孫六が先にたち、菅井と安田はふたりからすこし間をとって、美松屋の脇の小径にむかった。

そして、源九郎と孫六が、小径に踏み込んだ。美松屋の裏手が、見えた。それほど大きな建物ではないが、離れには二階もあった。戸口は、洒落た格子戸になっている。その離れの近くに、紅葉《もみじ》と椿が植えてあった。

「何人も、いる！」

源九郎が声をひそめて言った。

離れから、男の話し声が聞こえた。そのやり取りから、美松屋の客ではなく、政五郎の子分たちらしいことが知れた。

「踏み込みやすか」

孫六が身を乗り出して言った。

「駄目だ。離れには、子分たちがいる。下手に踏み込むと、政五郎を討つどころか、返り討ちに遭うぞ」

源九郎が、声をひそめて言った。

そのとき、離れの中から階段を下りるような音が聞こえ、つづいて戸口近くの廊下を歩くような音に変わった。その足音は、戸口に近付いてくる。

「おい、誰か出てくるぞ」

源九郎は声をひそめて言い、小径から表通りに出た。孫六たち三人が、慌ててついてきた。

源九郎たちは、美松屋からすこし離れた路傍に行き、離れの脇に目をやった。裏手につづいている小径から遊び人ふうの男がひとり、姿を見せた。男は表通りの左右に目をやった後、浅草橋の方にむかった。

「あの男が美松屋から離れたら、つかまえるぞ」

源九郎が言い、遊び人ふうの男の後を追った。

男が美松屋から離れると、

「俺と孫六とで、あの男の前に出る」

菅井がそう言い、孫六とふたりで小走りに男の後を追った。源九郎と安田も、すこし足を速めた。

遊び人ふうの男は源九郎たちに気付かず、肩を振るようにして歩いていく。

菅井と孫六は道端近くを通り、男の脇を通り過ぎてから道のなかほどに出て、男の行く手を塞いだ。

男は前に立ち塞がった菅井と孫六を見て、驚いたような顔をして足をとめた。

そして、逃げようとして反転した。だが、男はその場から動かなかった。すぐ近くに、源九郎と安田が迫っていたからだ。

安田は男に身を寄せて小刀を抜くと、

「俺たちと一緒に来い。……話を訊くだけだ」

そう言って、手にした小刀の切っ先を男の喉元にむけた。

男は目を剝き、息を呑んで、源九郎たちに目をやった。顔から血の気が引き、体が震えている。

「おとなしくすれば、手出しはせぬ」

源九郎が穏やかな声で言った。

男は、源九郎を見つめたまま ちいさくうなずいた。

源九郎たちは男を取り囲むようにして、先程まで身を隠していた柳の樹陰にまわった。通りから源九郎たちの姿は見えるが、立っているだけなら、木陰で一休みしていると思うだろう。

三

「おまえの名は」

源九郎が、男に訊いた。

男は戸惑うような顔をして、取り囲んでいる源九郎たちに目をやったが、

「吉造《よしぞう》でさァ」

と、小声で名乗った。

「吉造、わしらに訊かれたことを話せば、手荒なことはせぬ」

源九郎はそう言った後、

「離れに、政五郎はいるのか」

と、核心から訊いた。

「いやす」

吉造は、隠さずに話した。すでに名乗っていたこともあり、隠す気が薄れていたのだろう。

「子分たちもいるな」

源九郎は、子分たちが二、三人しかいなければ、政五郎を討つために離れに踏み込むつもりでいた。

「いやす」

「何人いるのだ」

「その日によってちがいやすが、今日は七、八人いやす」

「七、八人か。……二本差しもいるな」

「いやす。ふたり」

「ふたりか」

源九郎は、迂闊に離れに踏み込めないと思った。子分たちが七、八人いて、そのなかに、武士がふたりいるという。一方、味方は四人だった。武士が三人いるが、まともに戦ったら、勝てないだろう。

源九郎が口を閉じると、その場は重苦しい沈黙につつまれた。

　すると、源九郎の脇にいた菅井が、

「政五郎は、離れから出ることはないのか」

　と、吉造に訊いた。

「ありやす。情婦のところでさァ」

　すぐに、吉造が言った。

「その情婦は、どこにいる」

「浅草橋近くにある仕舞屋でさァ」

　吉造によると、政五郎の情婦は小料理屋の女将をやっていたが、政五郎の片腕でもあった藤兵衛が女将を騙《だま》し、ただ同然でその小料理屋を奪ったという。その後、政五郎が小料理屋を出た女将を囲い、今の家に住まわせたそうだ。政五郎は女将を自分の情婦にしたい気持ちもあって、藤兵衛が女将を騙すのを見ていたらしい。

「政五郎は子分を連れずに、その情婦を囲った家に行くのだな」

　源九郎が、念を押すように訊いた。

「子分を連れていっても、ひとりかふたりでさァ」

「そうか」

源九郎はいっとき間を置いて、

「それで、政五郎は今日も情婦のところに行くのか」

と、吉造に訊いた。

「今日は、行かないはずで」

吉造がつづいて話したことによると、政五郎は三、四日に一度しか情婦のところへは行かず、一昨日行ったので、今日は美松屋の裏手にある離れにいるだろうという。

「それなら、出直そう。俺たちも、焦ることはないからな」

源九郎が言うと、そばにいた菅井たちがうなずいた。

その日、源九郎たちは、吉造を連れて伝兵衛店に帰った。吉造は、菅井が預かることにした。源九郎の家には、長次郎がいたからである。吉造も長次郎も、政五郎を討ち取って始末がつけば、長屋から出ることになるだろう。

翌日、源九郎たちは昼ごろになってから、美松屋にむかった。政五郎が今日妾宅《しょうたく》へ行くかどうかはっきりしないが、三日目なのでその可能性は高いとみた。

源九郎たちは美松屋の近くまで来ると、昨日と同じ柳の樹陰にまわった。

「まず、政五郎が離れにいるかどうか、摑みたいな」

源九郎が、美松屋に目をやって言った。

「まだ、離れにいるはずですぜ」

すぐに、孫六が言った。吉造によると、政五郎は陽が西の空にまわってから離れから出ることが多いという。

「それなら、ここで政五郎が姿をあらわすまで待とう」

源九郎が、その場にいる男たちに目をやって言った。

政五郎は、なかなか姿をあらわさなかった。源九郎たちが、その場に来てから半刻（一時間）あまりが過ぎたが、政五郎も子分と思われる男も、離れに通じている美松屋の脇から姿を見せなかった。

それから、さらに小半刻（三十分）ほど経った。政五郎も子分たちも、離れから出てこない。

「出てこねえなア」

孫六が両手を突き上げて伸びをした。ふいに、その両手がとまった。孫六は両手を上げたまま、

「出てきた！　子分たちだ」

と、身を乗り出して言った。

美松屋の脇の小径から遊び人ふうの男がふたり、通りに出てきた。つづいて、牢人体の武士がひとり。

武士につづいて、恰幅《かっぷく》のいい男が姿を見せた。武士の陰になって顔が見えなかったが、脇にいた子分らしい男が、恰幅のいい男に、「親分」と声をかけた。

源九郎はその声を聞き、

「政五郎だ!」

と、声を上げた。牢人体の武士につづいて、政五郎が姿を見せたのだ。

政五郎の後ろに、さらに子分と思われる男が、ふたりいた。

政五郎の子分たちが五人。それに用心棒として、牢人体の武士がひとりいた。

六人の男が、政五郎の護衛として付き添っている。

四

「政五郎を、お縄にしやしょう!」

孫六が身を乗り出して言った。

「待て、政五郎たちが美松屋を離れてからだ」

源九郎はここで騒ぎたてると、美松屋の離れに残っている政五郎の子分たちが駆けつけるとみたのだ。

政五郎の子分たちは五人で、別に牢人体の武士がひとりいる。味方は、源九郎の他に安田と菅井、それに孫六だった。

源九郎は、孫六はともかく、安田と菅井は腕がたつので、離れから出てきた政五郎たちに太刀打ちできるのではないかと思った。

「政五郎たちに気付かれないように、跡を尾《つ》けよう」

源九郎が男たちに声をかけ、柳の陰から通りに出た。

すぐに、菅井、安田、孫六の三人がつづいた。ただ、源九郎たちは、政五郎の子分たちが振り返っても不審を抱かないようにすこし間をとって歩いた。

前を行く政五郎たちは、背後を振り返って見ることもなく足早に歩いていく。

源九郎たちが政五郎たちの跡を尾けて、二町ほど歩いたろうか。通り沿いの店屋がとぎれ、空地や笹藪《ささやぶ》などのある地に入った。

源九郎は政五郎や子分たちを討ち取るには、いい場所だと思った。跡を尾け始めたときから、捕縛するのは無理だとみていたのだ。菅井と安田も、政五郎たちと戦う気でいるはずだ。

「追いつくぞ！」

源九郎が、菅井と安田に声をかけて走りだした。孫六も遅れずに、源九郎の脇についてくる。

源九郎たちが、前を行く政五郎たちまで半町ほどに迫ったとき、政五郎の背後にいた遊び人ふうの男が振り返り、

「長屋のやつらが追ってくる！」

と、声を上げた。どうやら、源九郎たちが伝兵衛店の住人であることを知っているらしい。

「四人だけだ！ 返り討ちにしてしまえ」

政五郎が、目をつり上げて叫んだ。

すると、その場にいた子分たちと牢人体の武士が、政五郎を背後にして前に出てきた。源九郎たちを迎え撃つ気らしい。

「先に、子分たちを斬る！」

めずらしく、源九郎が昂《たかぶ》った声で言った。

菅井と安田は無言だが、刀の柄に右手を添えて政五郎と子分たちに近付いていく。

源九郎、菅井、安田の三人は、政五郎たちに近付くと、それぞれが刀をふるえ

するだけの間をとって足をとめた。

すると、子分たちが、「殺《や》っちまえ！」「殺《ころ》せ！」などと叫びながら、源九郎たち三人の前後にまわり込んだ。

源九郎の前に立ったのは、牢人体で長身の武士だった。

「ここで、俺が始末してくれる」

長身の武士は声を上げ、威嚇するように高く八相に構えた。大きな構えで、体が硬くなかった。人を斬った経験があるらしい。

源九郎は青眼に構え、切っ先を武士の目線にむけた。腰の据わった隙のない構えである。長身の武士は源九郎の構えを見て、

「おぬし、できるな」

と、低い声で言った。

源九郎は、無言で青眼に構えたまま一歩踏み込んだ。そして、敵の目線にむけた刀の切っ先をわずかに下ろした。誘いである。隙を見せて、相手に斬り込ませようとしたのだ。その誘いに、武士がのった。

イヤアッ！

裂帛《れっぱく》の気合を発し、斬り込んできた。

八相から袈裟へ——。

瞬間、源九郎は身を引いて、長身の武士の斬撃をかわした。

次の瞬間、源九郎は鋭い気合とともに斬り込んだ。

敵の右腕を狙い、切っ先を袈裟に払った。その切っ先が、斬り込んできた武士の右の前腕をとらえた。

ザクッ、と武士の右の前腕が裂けた。

武士は、慌てて身を引き、体勢を立てなおした。そして、武士はふたたび八相に構えようとした。だが、武士の手にした刀が、震えていた。武士の右の前腕から、血が赤い筋になって流れ落ちている。

「おのれ!」

武士は目を吊り上げて叫び、八相から青眼に構えなおした。

だが、切っ先が震えていた。斬られた右腕が、震えているのだ。

「勝負あったぞ。刀を引け!」

源九郎が声を上げた。

「まだだ! 勝負はついておらぬ」

武士が叫び、いきなり斬り込んできた。

青眼から振りかぶりざま、真っ向へ――。

気攻めも牽制もない唐突な仕掛けだった。

咄嗟に、源九郎は身を引いて、武士の切っ先を躱《かわ》すと、刀身を横に払った。

切っ先が、武士の首をとらえた。

武士の首から、血が噴いた。血管《ちくだ》を斬られたらしい。

武士は血を撒《ま》きながらよろめき、足がとまると、その場に倒れた。俯《うつぶ》せになった武士の首から大量の血が流れ、地面を赤く染めた。

「武士は討ち取ったぞ！」

源九郎が声を上げた。

そのとき、菅井が政五郎に刀の切っ先をむけていた。そばに、子分のひとりが倒れている。おそらく、菅井は政五郎のそばにいた子分を居合の抜刀の一撃で倒し、政五郎に切っ先をむけたのだろう。

一方、安田は政五郎の別の子分に切っ先をむけていた。子分は腰が引け、手にした長脇差を前に突き出すように構えている。

菅井に切っ先をむけられていた政五郎は、連れてきた武士が源九郎に斬られたのを目にし、

「か、刀を引け。金なら、幾《いく》らでも渡す」

と、後退りながら言った。

「金などいらぬ」

言いざま、菅井は一歩踏み込んだ。

そのとき、政五郎は手にしていた長脇差を菅井にむかって投げ付け、反転して逃げようとした。

咄嗟に、菅井は右手に体を寄せて長脇差を躱し、

「逃がさぬ！」

と、叫びざま、刀を袈裟に払った。一瞬の太刀捌きである。

菅井の切っ先が、反転して背を見せた政五郎の首から背にかけて切り裂いた。

政五郎の首から、血が噴いた。

政五郎は血を撒き散らしながらよろめき、足がとまると、腰から崩れるようにその場に倒れた。

俯せに倒れた政五郎は呻き声を上げ、四肢を動かしていたが、いっときすると動かなくなった。

「死んだ……」

菅井が血刀を引っ提《ひさ》げたままつぶやいた。

このとき、まだ生き残っていた子分たちは、同行した武士と政五郎が斬られたのを見て、慌てて逃げ出した。

菅井と安田が、子分たちを追おうとすると、

「追わなくていい。逃がしてやれ」

源九郎が声をかけた。

菅井と安田は、足をとめた。そして、源九郎のそばに戻ってきた。近くにいた孫六もそばに来た。

「頭目の政五郎を討ち取った。……これで、始末がついた」

源九郎がそう言って、菅井、安田、孫六の三人に、目をやった。

菅井たち三人は、仲間たちと顔を見合わせてうなずいた。

その場にいた源九郎たち四人の顔には、安堵《あんど》の表情があった。これで、家や土地を強引に乗っ取り、源九郎たちが馴染みにしていた飲み屋の亀楽にまで手を出したのっとり藤兵衛と親分の政五郎を始末できたのだ。

五

その日、源九郎たちは、松坂町の回向院の近くにある飲み屋の亀楽に集まっていた。政五郎を討ち取り、家や土地を強奪して金を得ていた一味を始末することができた三日後である。

亀楽のあるじの元造は、自分の店である亀楽を土地ごと政五郎たちに乗っ取られそうになったが、その一味を源九郎たちが討ち取ってくれたことを知り、店の手伝いに来ている長屋の住人のおしずを通し、「店を守ってくれた御礼をしたいので、来てほしい」と招待してくれたのだ。

亀楽に、七人の男が集まった。源九郎、菅井、安田、孫六の四人の他に、茂次、三太郎、平太の三人の姿もあった。

当初、茂次たち三人は、今度の事件では、何の役にもたたなかったので遠慮したい、と源九郎に伝えた。

すると、源九郎が、いつも七人が同じように事件にかかわるわけではない、ときには、依頼された事件をひとりかふたりで、始末をつけることもある、と話し、茂次たち三人も同行する気になったのだ。

そのとき、源九郎の胸の内には、「亀楽で招待してくれたので、七人で飲み食いしても、懐が痛むわけではない」という読みもあったのだ。

源九郎たちが飯台の脇に置かれた腰掛け代わりの空樽に腰を下ろしてから、いっときすると、元造とおしずが、酒と肴を運んできた。

「長屋のみなさんの御蔭で、この店は、悪党に乗っ取られることもなく、商売をつづけることができやした。……今日はみなさんに御礼をするために、集まってもらいやしたので、どうか、好きなだけ飲み食いしてくだせえ」

元造が神妙な顔をして言い、運んできた酒と肴を飯台の上に並べた。そして、元造は「ゆっくりやってくだせえ」と言い残し、おしずと共に奥の板場にもどった。

「さァ、飲もう」

源九郎が銚子《ちょうし》を手にし、男たちに目をやって言った。

「ありがてえ。今日は、銭の心配をしねえで飲める」

孫六は嬉しそうに目を細めて猪口《ちょく》を手にし、隣に腰を下ろした菅井に酒を注いでもらった。

菅井も孫六に注いでもらい、

「孫六、今日は銭の心配をしないで飲めるぞ」

と、声をひそめて言った。

「ヘッヘヘ……。こういうことになるなら、のっとり藤兵衛や親分の政五郎にも、文句は言えねえな」

孫六は首をすくめてそう言い、猪口の酒を飲み干した。

源九郎たちが酒を注ぎ合って、いっとき飲んだ後、

「あっしが、こんなことを訊くのは心苦しいんですがね」

茂次が、その場にいた男たちに目をやって言った。

「茂次、気になることがあるなら訊いてくれ」

源九郎が、茂次に顔をむけて言った。

すると、その場にいた男たちの目が茂次に集まった。

「それじゃァ、訊きやす。亀楽を乗っ取ろうとした藤兵衛と親分の政五郎の始末はついたと聞きやしたが、これだけの悪事を重ねることができたふたりには、大勢の子分がいたと思いやすが、その子分たちはどうなりやした」

茂次が小声で訊いた。

その場にいた三太郎と平太の目も源九郎にむけられた。ふたりも、茂次と同じ

ことが気になっていたのかもしれない。

「心配することはない。子分たちは大勢いたが、わしらに歯向かってきた者は討ち取ったし、残った者も藤兵衛と政五郎がいなくなったので、それぞれ自分の塒や仕事のある場所にもどったはずだ」

源九郎が、男たちに目をやって言った。

近くにいた菅井と孫六がうなずいた。ふたりも、源九郎と一緒に事件に当たることが多かったので、同じように思ったらしい。

すると、茂次だけでなく、その場にいた三太郎と平太の顔にも安堵の表情が浮いた。ふたりにも、茂次と同じ懸念があったのだろう。

次に口を開く者がなく、店内が静寂につつまれたとき、

「わしは、明日から傘張りだな」

と、源九郎が苦笑いを浮かべて言った。

「華町、俺も似たようなものだぞ。明日から、居合抜きの見世物に出なければならぬ」

菅井が渋い顔をして言った。

次に口を開く者がなく、その場が重苦しい雰囲気につつまれると、

「おい、今日は政五郎たち悪党を始末し、安心して店を開けるようになった礼で、こうして一杯やっているのだ。……仕事のことなど忘れて、楽しく飲もう」

源九郎が銚子をかざして言った。

「それに、今日は、金の心配もせずに飲めるのだ」

菅井が、言い添えた。

それから、源九郎たちは仲間と酒を注ぎ合って飲んだ。一刻（二時間）ちかく経ったろうか。

孫六や茂次は酔って、体がふらつくようになった。若い平太も、すこし酒を口にしたらしく、顔が赤く染まっている。

店のなかには、燭台《しょくだい》に立てた蠟燭《ろうそく》が置かれていたが、それでも店内は薄暗くなっていた。

「そろそろ引き上げようか」

源九郎が男たちに声をかけた。

すると、その場にいた男たちが、うなずいた。長屋に帰る頃合だと、思ったのだろう。源九郎たち七人は、元造とおしずに見送られて亀楽を出た。

店の外は、夕闇につつまれていた。晴れているらしく、夜空に無数の星が輝いている。孫六と茂次は、酔った者同士で気が合ったのか、肩を組み合って何か訳の分からないことを喋りながら歩いていく。

源九郎は脇を歩いていた菅井に、

「これで、始末がついた。伝兵衛店も、いつもの長屋にもどるな」

と、声をかけた。

「俺たちの仕事もな」

菅井が、苦笑いを浮かべて言った。

ふたりは、星空のなかを肩を並べて歩いていく。

本作品は、書き下ろしです。

双葉文庫

と-12-64

はぐれ長屋《ながや》の用心棒《ようじんぼう》

のっとり藤兵衛《とうべえ》

2021年8月8日　第1刷発行

【著者】

鳥羽亮《とばりょう》

【発行者】

箕浦克史

【発行所】

株式会社双葉社

〒162-8540 東京都新宿区東五軒町3番28号

［電話］03-5261-4818（営業）　03-5261-4833（編集）

www.futabasha.co.jp（双葉社の書籍・コミックが買えます）

【印刷所】

中央精版印刷株式会社

【製本所】

中央精版印刷株式会社

【フォーマット・デザイン】

日下潤一

ISBN978-4-575-67063-9 C0193

Printed in Japan